Yasmina Khadra: Herbst der Chimären

Yasmina Khadra

Herbst der Chimären

Kriminalroman

Aus dem Französischen
von Regina Keil-Sagawe

Mit einem Nachwort von
Beate Burtscher-Bechter

Haymon

Französische Erstausgabe:
L'Automne des chimères

Die Deutsche Bibliothek - CIP-Einheitsaufnahme

Khadra, Yasmina
Herbst der Chimären. Roman / Yasmina Khadra. Aus dem Franz. von Regina Keil-Sagawe. - Innsbruck : Haymon-Verlag, 2001
Einheitssacht.: L'Automne des chimères <dt.>
ISBN 3-85218-358-8

1. Auflage: August 2001
2. Auflage: November 2001

Satz und Umbruch: Haymon-Verlag
Umschlag: Benno Peter

Druck und Bindung: Wiener Verlag, Himberg

Für
Helga Anderle,
Beate Burtscher-Bechter
und Guy Dugas

Denen, die nicht mehr unter uns weilen,
den Frauen, den Soldaten und den Polizisten
meines Landes gewidmet

I

Ich werde dich ausspeien aus meinem Munde.
Du (...) weißt nicht, daß du bist elend und jämmerlich,
arm, blind und bloß.
Apokalypse des Johannes 3, 16-17

1

Von allen Genies auf Erden widerfährt den unseren die größte Schmach. Sie sind die Stiefkinder der Gesellschaft. Von den einen werden sie verfolgt, von den anderen verkannt. Ihr Leben ist, solange es währt, eine dramatische Hetzjagd durch die Abgründe der Willkür und Absurdität. Wer nicht der Stahlklinge zum Opfer fällt, wird vom Bannstrahl sozialer Ächtung getroffen oder geht an Verbitterung zugrunde. Verendet im Irrenhaus oder im Nirgendwo, um das Haupt eine Dornenkrone, die Adern zerstört vom Alkohol. Und der Moment, da man ihn bestattet, ist der einzige Moment, da je Bericht über ihn erstattet wird. Sein Mausoleum ist im erstbesten Friedhof das erstbeste Grab, sein Ruhm gründet allein in der Kühnheit, mit der er es wagte, Talent zu zeigen zu Zeiten, da nur zu Ehren kam, wer nicht den geringsten Funken Genie besaß.

Arezki Naït-Wali ist ein Genie. Der Beweis? Er hat sich in einer Sackgasse in den Tiefen Bab El-Oueds* verkrochen, hinter dem Geplärr der Kinderhorden und den Wäschebergen wimmelnder Familienclans. Hätte er andernorts das Licht der Welt erblickt, hätte sein Ruhm vermutlich hell wie tausend Sonnen gestrahlt. Hier aber gilt er als Schattengestalt.

---

* *wörtlich „Tor zum Fluß", Teil der Altstadt von Algier, sehr volkstümlich, Hort der Armut und Zentrum der Islamisten*

Ein Wohnhaus, das nur so starrt vor Schmutz, ein Treppenhaus, das ausschaut wie eine öffentliche Bedürfnisanstalt, und schon kommt hinter der Tür mit der Nummer 13 ein ärmlicher Greis hervor, zittrig und schlotternd wie Aspik.

Arezki hat den tragischen Gesichtsausdruck der algerischen Intellektuellen. Ein bleiches Gespenst mit zwei Augen, daß es einem das Herz durchbohrt, dazu die Hände eines Gefolterten.

„Wie hast du es geschafft, mich hier zu finden?"

„Ich habe die Fundamentalisten nach dem Weg gefragt."

Er lächelt, wobei seine Nase, die ohnehin schon Halbmast zeigt, sich fast ganz über seinen Mund herabsenkt. Er weicht beiseite wie ein schlaffer Vorhang. Hätte ich die Wahl zwischen ewigen Höllenqualen und dem Anblick des Elends, der sich da vor mir auftut, im Interesse meines Seelenfriedens zögerte ich keine Sekunde, für alle Zeiten in der Hölle zu schmoren.

„Meine Putzfrau ist krank", flunkert er mich an, um das Gesicht zu wahren.

Mir fällt nichts ein, was ich sagen könnte, um das meine zu wahren.

Mein Schweigen ist für uns beide peinlich. Er blickt sich um, als gäbe es da etwas, an dem er sich festhalten könnte, entdeckt in einer zugemüllten Zimmerecke ein Bündel, nimmt es unauffällig an sich und macht mir ein Zeichen, daß er startklar ist.

Ich nicke und sage: „Ich warte im Auto auf dich."

Wir durchqueren, ohne es zu merken, die ganze Stadt, ich nervös auf mein Lenkrad eintrommelnd, er mit seinem Bündel im Arm. Nicht ein einziges Mal bekundet er Interesse für das Menschengewühl, das ziellos die Gehwege überflutet, noch für die Autofahrer, die uns rücksichtslos in wildem Slalom überholen. Zusammengesunken sitzt er da, sein Blick klebt an der Windschutzscheibe, seine Lippen sind wie vernarbt. Trotz der glühenden Sommerhitze hat er noch nicht mal daran gedacht, die Scheibe herunterzukurbeln. Ich weiß nicht warum, doch als ich ihn so sehe, steigt plötzlich Groll gegen die ganze Welt in mir auf.

Nach einer guten Stunde Fahrt, als wir eben in den Pfad der Verderbnis einbiegen, der weit von jeder überwachten Straße wegführt, höre ich, wie er den Griff um sein Bündel lockert. Ich spähe aus den Augenwinkeln nach ihm, warte auf eine Reaktion. Ich hatte gedacht, er würde auf das Armaturenbrett einschlagen oder den Boden des Fahrzeugs mit Tritten traktieren, doch nicht die geringste brüske Bewegung. Nur sein Adamsapfel zuckt im kahlen Hals auf und ab, dann, Sekunden später, klingt seine Stimme in einem pathetischen Gurgeln auf: „Hat er sehr gelitten?"

„Andere haben Schlimmeres durchgemacht."

Sein Atem gerät einen Moment aus dem Takt, wird wieder regelmäßig. „Ich habe dich gefragt, ob er gelitten hat!"

„Jetzt leidet er nicht mehr."

„Schußwaffe?"

„Das macht ihn auch nicht wieder lebendig."

Plötzlich sind seine Hände auf dem Lenkrad und nötigen mich zu einer Vollbremsung am Straßenrand.

„Ich will es wissen!"

Ich stoße ihn wütend auf seinen Sitz zurück. „Was willst du wissen, Arezki Naït-Wali? Liest du keine Zeitungen, hörst du kein Radio? Wir sind im Krieg. Dein Bruder ist tot, Punkt und Schluß."

Er umklammert wieder sein Bündel, starrt weiter auf die Windschutzscheibe. Eine Minute lang versucht er, dem Beben seiner Kinnspitze Einhalt zu gebieten. „Ich möchte es auf keinen Fall erst im Dorf erfahren, Brahim. Für mich ist es wichtig, hier und jetzt Klarheit zu haben."

Er seufzt, und in diesem Seufzen liegt so viel an Kummer und Leid, daß meine Hand sich wie von selbst auf seine legt.

Ich nehme all meinen Mut zusammen, bevor ich antworte: „Klinge."

Mir ist, als könnte ich die Explosion wahrnehmen, die ich tief in ihm drin ausgelöst habe. Langsam, ganz langsam schrumpft er zusammen, wird so klein, daß ich den Eindruck habe, ich könnte ihn von Kopf bis Fuß mit meiner hohlen Hand umfangen.

„Neiiin!" Aufstöhnend läßt er sich nach hinten fallen.

Und beginnt zu weinen.

* * *

Die Beerdigung findet auf dem alten Friedhof von Igidher* statt. Viele sind gekommen, wollten es sich nicht nehmen lassen, den Toten zu seiner letzten Ruhestätte zu geleiten. Aus der ganzen Gegend sind sie herbeigeströmt. Würdige Greise, stattliche Männer, junge Leute, sichtlich unter Schock.

Idir Naït-Wali war keiner von den Notabeln. Gewiß, er hatte einen der bedeutendsten Maler des ganzen Landes zum Bruder, gewiß, sein Name erhob den Stamm in den Rang einer Nation, doch als Philosoph, der um den Wahn weltlicher Eitelkeit wußte, war es ihm gelungen, eine aufrechte, zurückhaltende Gestalt zu bleiben, wie schon sein Vater, sein Großvater und seine Ahnen es gewesen waren. Ein geborener Hirte und unrettbarer Träumer, Künstler nach Lust und Laune und Krieger wider Willen. Sein Leben spielte sich im Schatten seiner Ölbäume ab, nie sah man ihn anders als mit dem Turban auf dem Kopf und der Flöte in Reichweite seiner Seufzer. Er besaß

** Berberdorf in der Kabylei (östlich von Algier) – Kabylen (von. arab. „qibla" = Stamm) heißen die algerischen Berber, die 20-30 Prozent der Gesamtbevölkerung Algeriens ausmachen. Sie gelten traditionell als „rebellisch" und stehen in Opposition zum totalitären Regime, das ihre sprachliche und kulturelle Besonderheit unterdrückt.*

rund zwanzig Schafe, denen er hingebungsvoll beim Grasen zusah, ein Fleckchen Land am Ausgang vom Dorf und die warme Zuneigung der Seinen. Er war primitiv, weil er authentisch war, und seine Tage spulte er ab wie andere die Perlen an ihrem Rosenkranz, ohne Getue, ohne Tamtam, ohne weltbewegende Überzeugungen, überzeugt wie er war, daß das Glück – jedwedes Glück – eine Frage der Mentalität sei, weiter nichts.

Gerade spricht der Imam: „Das schlimmste Unrecht, das man dem lieben Gott antun kann, besteht darin, jemandem das Leben zu nehmen. Denn nirgends zeigt sich die Großzügigkeit des Herrn eindrucksvoller als im Geschenk des Lebens."

Neben mir steht Arezki und reibt sich pausenlos die Hände an den Hüften trocken. Er hört nicht, was der Imam sagt, sieht nicht die Vögel, die sich in den verkümmerten Bäumen die Seele aus dem Schnabel schreien. Von Zeit zu Zeit fällt sein verstörter Blick auf den weißumhüllten Körper seines Bruders. Und erst dann faltet er, der so zerbrechlich und zerrupft aussieht, die Hände vorm Bauch und beugt das Genick noch ein wenig mehr vornüber.

Kaum sind die ersten Schaufeln Erde auf den Leichnam gefallen, hat Arezki sich schon abgewandt. Ich folge ihm bis zur Straße, durch die sich zahllose Risse ziehen, und weiter hinauf bis auf den Hügel, auf den er als Kind immer mit seinem Bruder lief, um von dort oben Echos über das zerklüftete Land zu werfen. Selbstvergessen lehnt er an einem Feigenbaum, einen Arm auf dem Stamm ausgestreckt, den Kopf gegen den Handrücken gestützt, selbstvergessen, eine Ewigkeit lang.

Mir fehlen die Worte.

Stumm verharren wir dort, zwischen Himmel und Erde, winzig und stumm, zwei Staubkörnern gleich. Um uns herum, so weit das Auge reicht, verwüstetes Land. Mein Blick fällt auf ausgedörrte Obstgärten, kahle Hügelkuppen und Geisterflüsse, die dabei sind, ihrer Verlassenheit von Gott und der Welt Gestalt zu geben. Am Fuß des Bergs, hinter seinen Elendshütten verschanzt, modert Igidher in der Sonne vor sich hin, undurchdringlich wie die Wege des Herrn. Meine Heimat ist nur noch ein unermeßlicher Schmerz …

Hier bin ich geboren, vor sehr langer Zeit. Man nannte es die Zeit der Kolonien. Damals waren die Felder so unermeßlich weit, daß jenseits des Bergs, so schien es mir, das Nichts begann. Der Weizen stand mir bis zu den Schultern, und doch hatte ich ständig Hunger, Tag für Tag, Nacht für Nacht. Ich verstand schon damals nicht, aber es war mir egal: Ich hatte das Glück, ein Kind zu sein. Wenn ich dem Flug der Libelle zusah und mir dabei selber Flügel wuchsen, wenn die Kaskaden meines Lachens ins plätschernde Wasser der Brunnen tropften, wenn ich wie toll durchs Farnkraut tobte, obwohl jeder Schritt wie ein Zweikampf war, wußte ich: ich war als Dichter geboren wie der Vogel als Sänger, und wie dem Vogel so fehlten auch mir nur die Worte, es zu sagen.

Und heute, da verstehe ich noch immer nicht. Ich taste mich vorwärts wie ein Blinder im hellen Tageslicht. Zwar habe ich die Fesseln längst abgestreift, doch der Lorbeer des Freigelassenen ist mir wie eine Scheuklappe. Mein Prophetenblick hat jeden Halt verloren. Fast schäme ich mich für den Erwachsenen, der aus mir geworden ist, und erwarte mein Alter mit demselben Argwohn wie andere den Gerichtsvollzieher, denn die Dinge hienieden machen mich längst nicht mehr träumen.

Die Nacht zieht schwarzgallig über dem alten Stammland der Naït-Wali herauf. Einst ein wundervoller Augenblick. Die Sterne waren zum Greifen nah. Die heiligen Schutzpatrone der *dechra** wachten über uns. Wir schauten dem Tanz der Irrlichter über der Öllampe zu und waren mit allen Dingen und

---

* *Dorf, Gemeinde*

Wesen versöhnt. Wir waren arm, aber nicht unglücklich, lebten für uns, aber nicht vereinsamt, waren ein Stamm und wußten, was das hieß. Die Faszination der Ferne, die Verheißungen der Großstadt, die lockenden Gesänge der Chimären ..., nichts davon kam dem Schellenklang an den Hälsen unserer Ziegen gleich. Wir waren eine Rasse freier Männer, und wir hielten uns fern von der Welt, ihren Bestien und Höllenhunden, ihren Machern und Machenschaften, ihren Protesten und Manifesten, ihrem Industrielärm und ihrem Investitionsgeschrei ...

Heute hat der Abend sämtliche Lichter verschluckt. Schaudernd erbleichen die Sterne am Himmel von Igidher. Das Höllentier ist da. In der Stille des Untergrunds schickt es sich an, uns das Leben zu verdüstern.

„He, Brahim, du stößt gleich mit einem Satelliten zusammen!"

Ich schrecke hoch.

Mohand läßt sich neben mich fallen, das Gewehr zwischen die Schenkel geklemmt. „Komm auf die Erde zurück, alter Freund", fügt er hinzu. „Das Spiel läuft hier."

Er kramt eine Schachtel Zigaretten hervor, hält mir eine hin: „Rauchst du?"

„Nein, danke."

Er betätigt das Feuerzeug, macht drei gierige Lungenzüge und atmet durch die Nase aus. Unten in der Ferne, am Fuß des Hügels, schimmert der Weiler Imazighène wie eine Ansammlung von Glühwürmchen.

Ich lege einen Stein mit der Schuhspitze frei und befördere ihn in den Graben.

Mohand dreht sich zu mir um, sucht meinen Blick. Er bläst mir seinen weingeschwängerten Atem ins Gesicht. „Schnupperst du wieder am Korken?"

„Die Landluft ist auch nicht mehr, was sie mal war."

„Was genau ist passiert?“

„Wir haben ihn in seinem Gemüsegarten gefunden, mit durchschnittener Kehle.“

„Und weiß man, wer's war?“

„Da muß man nicht lang suchen.“

„Warum ausgerechnet Idir?“

„Er war zufällig da, weiter nichts. Seit ein paar Tagen wird vor einer Gruppe von Marodeuren hier in der Gegend gewarnt. Sie haben sich den Erstbesten, der ihnen über den Weg lief, geschnappt. Ihre Art, uns wissen zu lassen: Hallo! Wir sind wieder da!“

Mohand betrachtet das glühende Ende seiner Zigarette, bevor er sie auf einem Stein ausdrückt. Der Abendwind bläst die Funken durchs Gebüsch. Wir verstummen für einen Moment und lauschen dem nächtlichen Grillengezirpe.

„Glaubst du, sie werden wiederkommen?“

„Die sollen nur kommen, wir sind bereit.“ Wieder sucht er meinen Blick. „Wie lange wird das noch so weitergehen, dieser Mummenschanz, Brahim?“

„Das fragst du mich?“

„Igidher ist nicht Algier. Hier hat man keine Zeit, das alles zu verstehen.“

„Drüben in Algier weiß man auch nicht mehr, welchem Teufel man noch vertrauen kann. Es ist die Hölle, Mohand, ein heilloses Durcheinander, der größte Schwindel, den du dir nur vorstellen kannst.“

Er stampft mit dem Gewehrkolben auf den Boden. „Was um alles in der Welt machen denn unsere Verantwortlichen?“

Jetzt bin ich es, der sich zu ihm umdreht. Und was ich in seinen ausgemergelten Zügen lese, verstört mich gewaltig. Er ist verdammt alt geworden, der gute Mohand. Als ich ihn das letzte Mal sah, da hatte er kein einziges weißes Haar. Drei Jahre später, und schon auf der Schwelle zum Greisenalter. Hat mehr

Falten als ein altes Pergament, und der Blick seiner Augen, der früher so packend war, brennt heute unerträglich.

„Die Verantwortlichen? Welche Verantwortlichen? Meinst du die Komiker, die man in den Nachrichten sieht, diese hoffnungslosen Hanswürste? In unserem Land, Mohand, gibt es nichts als Schuldige und Opfer. Wenn du ein Problem hast, ist es *dein* Problem."

Meine Direktheit schockiert ihn. Er steht auf, umklammert wütend sein Gewehr und stapft mit gebeugtem Rücken davon. Ich sehe ihm nach, bis er die Piste erreicht. Ein ratloses Gespenst.

Dann stehe ich ebenfalls auf, klopfe mir den Staub vom Hosenboden und gehe hinauf in den Patio, wo die Alten und Freunde einem gramerfüllten Arezki Beistand leisten.

Gegen Mitternacht beginnt das Lamento allmählich zu verebben. Einer nach dem anderen verlassen Verwandte und Bekannte das Haus, auf leisen Sohlen, ein wenig verschämt, den Künstler in seinem Kummer allein zu lassen. Ehe Mohand sich als letzter zum Gehen anschickt, schaut er sich das zerknitterte Foto des Verblichenen, das an der Wand hängt, aus der Nähe an. Seine Mundwinkel zucken, vermutlich um seine aufsteigende Wut zu unterdrücken.

Er wiegt den Kopf, bemerkt: „War ein *zawali**, einer der Stillen im Lande, der sich mehr um das Wohlergehen seiner Schafe als um die eigene Krebskrankheit sorgte. Ich bin sicher, er fand es noch nicht einmal der Mühe wert, sich gegen seine Mörder zur Wehr zu setzen."

Ich betrachte mit ihm zusammen Idirs Porträt. Er war ein eingefleischter Junggeselle, dem nichts über seine Unabhängigkeit ging. Lebte wie ein in sich versponnener Einsiedler, der

---

* *armer Kerl*

sein Glück in der heiteren Stille der Waldwiesen fand. Jetzt, da er tot ist, frage ich mich, ob er jemals wirklich existiert hat.

Mohand schaut auf seine Armbanduhr. „Zeit für die Patrouille. Meine Männer sind bestimmt schon unruhig… Seid Ihr sicher, daß Ihr hierbleiben wollt?"

„Gute Nacht!" rufe ich ihm zu und ziehe mir demonstrativ die Schuhe aus.

„Gut, dann gehe ich jetzt. Ich werde drei oder vier Männer in der Nähe postieren, für den Fall, daß es diesen Irren einfallen sollte, an den Ort ihres Verbrechens zurückzukehren."

Ich zeige auf meine dicke Knarre. „Wir sind gewappnet."

Mohand nickt und zieht sich zurück, nicht ohne sorgfältig die Tür hinter sich zu schließen.

„Versuch zu schlafen", brumme ich Arezki zu und mache mich auf einer Strohmatte lang. Ich rücke das Kopfkissen gegen die Wand, lasse meine Faust einmal drauf niedersausen, damit es sich bequemer liegt, schiebe meine 9mm-Pistole darunter und verschränke die Hände im Nacken, so daß ich Arezki im Blickfeld habe.

Der Bürgermeister hat uns eingeladen, die Nacht in seinen Räumlichkeiten zu verbringen, aber Arezki wollte unbedingt im ärmlichen Loch seines Bruders bleiben, zwischen den vorsintflutlichen Möbeln, die in ihrer schlichten Archaik das Herz anrühren, und den nicht greifbaren Erinnerungen.

„Soll ich dir vielleicht noch ein Wiegenlied singen?"

Arezki blickt mich strafend an. „Du hast aber auch vor nichts Respekt."

„Hör auf mit dem Gejammer! Idir schläft längst. Versuch, es ihm nachzutun. Morgen fahren wir in aller Früh zurück. Ich habe nicht die Absicht, einen Kran anzuheuern, um dir auf die Beine zu helfen."

Arezki ist außer sich. „Ich fahre nicht mit."

„Aber sicher fährst du mit."

„Mein Platz ist hier."

„Sei so gut und mach endlich das Licht aus. Diese unmögliche Glühbirne geht mir auf den Geist."

Er löscht das Licht.

Ich ziehe mir die Decke übers Gesicht und die Knie bis zur Nasenspitze hoch, dann rühre ich mich nicht mehr.

Nichts hilft besser als die Dunkelheit, einem Mann die Last von der Seele zu nehmen.

2

„Schon zurück, Kommy?" Lino setzt die Sonnenbrille ab, sieht mich an und macht dabei ein Gesicht wie eine Springmaus, die in ihrem Bau unversehens eine Schlange entdeckt.

„Hast wohl gehofft, ich würde für immer in der Pampa verschwinden?"

„Ich dachte, du bleibst noch ein paar Tage, um aufzutanken."

„Gib schon zu, daß du auf den Geschmack gekommen bist!"

Lino stößt die Tür mit dem Absatz zu und läßt sich auf den Stuhl gegenüber meinem Schreibtisch fallen. Er wischt sich die Brille am Hemd ab und setzt sie wieder auf.

„Und, wie läuft es so in der Heimat?"

„So wie überall."

„Und dein Freund, der Künstler?"

„War ein schwerer Schlag für ihn. Ich mußte ihn in der Zwangsjacke nach Algier zurückschleifen. Im Dorf hätte er eine prima Schießscheibe abgegeben."

„Und unterwegs ist nichts passiert?"

„Wir hatten bloß Glück. Nächstes Mal fordere ich Geleitschutz an."

„Aha." Lino mustert eingehend seine Fingernägel, die Augenlider halb geschlossen. Sein Mangel an Enthusiasmus läßt in mir alle Alarmglocken läuten. Ich verstehe, daß während meiner Abwesenheit irgend etwas passiert sein muß.

Ich schiebe das Telefon beiseite, um den ausweichenden Blick des Leutnants einzufangen. Er wendet sich ab und tut so, als interessiere er sich brennend für die Dienstanweisungen, mit denen die Wand tapeziert ist.

„Schieß schon los!" ermuntere ich ihn. „Ich bin immun."

Er verzieht nur den Mund. Fünf Sekunden lang knetet er seine Finger durch, unfähig, sich zu entscheiden, ob er die Katze am Schwanz oder am Schopf packen oder besser gar nicht erst aus dem Sack lassen soll.

„Ich war doch nur zwei Tage weg", schimpfe ich. „Du willst mir doch wohl nicht weismachen, ich hätte den Höhepunkt meiner Laufbahn in so kurzer Zeit verpaßt!"

Er mobilisiert alle seine Kräfte, um mir schließlich mit schwankender Stimme zu antworten: „Du bist nicht auf dem laufenden?"

„Kommt darauf an."

„Im Sekretariat vom Chef liegt ein Umschlag für dich."

„Wenn man dich so hört, könnte man meinen, es handle sich um meinen Totenschein."

„Ziemlich gut getroffen."

Ich spüre, wie meine Innereien sich unentwirrbar verknoten.

Lino fährt fort, seine Finger zu traktieren. Seine Backenknochen hüpfen auf und ab, seine Lippen haben sich olivgrün verfärbt und beben verdächtig. Da klingelt plötzlich das Telefon und versetzt mich auf der Stelle in eine Art Starrkrampf. Als ich abhebe, spüre ich, wie meine Hand zittert.

Am Ende der Leitung näselt die Stimme des Direx und gibt mir den Rest. „Brahim?"

„Ja, Herr Direktor."

„Hast du eine Minute Zeit?"

„Sofort, Herr Direktor."

Zwei Anläufe brauche ich, bis der Hörer wieder ordentlich auf der Gabel liegt.

Peinlich berührt von meiner Beklommenheit, macht sich Lino daran, seine 08/15-Brille auf Schönheitsfehler hin abzusuchen.

„Es geht ja schon los …", stammle ich.

„Ich fürchte ja", nickt er betrübt.

Ich schnappe meine Jacke und sause über den Korridor. Die Belegschaft weicht vor mir zurück wie vor einem Leichenzug. Ich brauche mich nicht umzudrehen, um zu wissen, daß sich alle hinter mir bekreuzigen.

Ab dem zweiten Stock lassen mich meine Beine im Stich. Ich muß mich am Geländer hochziehen. Dabei war ich doch schon immer aufs Schlimmste gefaßt. Und jetzt, wo es passiert ist – die blanke Panik.

Abgemagert ist er, der Direktor. Vor drei Tagen hatte er noch blendend ausgesehen. Woraus ich schließe, daß er eine kräftige Abreibung hinter sich hat. Seine bleiche Miene verstärkt mein Unbehagen.

Schon von weitem weist er mir mit schlaffem Gestus einen Sessel zu. Mit trockener Kehle und rauchenden Ohren nehme ich Platz.

„Da hast du dich mächtig in die Nesseln gesetzt, Brahim!" kanzelt er mich oberlehrerhaft ab. „Und ich kenne kein Mittel, das gegen diese Brandblasen hilft."

Ich versuche, die Stirn zu runzeln – vergeblich. Meine Stimmbänder drohen, beim geringsten Laut zu zerreißen. Also verschränke ich nur still die Hände und warte ab, daß das Unwetter über mich hereinbricht.

Der Direktor greift nach einem Blatt, schleudert es mir ins

Gesicht. Ich fange es ab und überfliege es hastig, ohne den Inhalt recht zu begreifen.

„Vorladung zum Großen Manitu", klärt er mich auf. „Es spricht alles dafür, daß du dort sämtliche Federn lassen wirst."

Ich schlucke krampfhaft.

Er fügt vorwurfsvoll hinzu: „Du bist stur wie ein Maulesel, Kommissar. Ich habe dich oft genug gewarnt."

„War es das?"

„Reicht dir das nicht?"

Ich lege das Papier auf den Schreibtisch zurück und stehe auf. Er steht ebenfalls auf, bringt mich zur Tür. Dort faßt er mich bei der Schulter und vertraut mir an: „Ich weiß zwar nicht, wie weit mein Einfluß reicht, aber ich möchte, daß du weißt, daß ich meine Leute nicht so einfach fallenlasse."

Ich nicke und entferne mich im Gefühl, einen Weg mit ungewissem Ausgang anzutreten, auf dem ich mich auf Schritt und Tritt ein Stückchen mehr auflöse.

3

Sobald man sich in Algier hinter seinem Schreibtisch hervor- oder aus seinem Loch herauswagt, ist man in Feindesland. Man versuche bloß nicht, beim Taxifahrer auf Mitleid zu machen, dem Schalterbeamten ein freundliches Wort zu entlocken, das Mitgefühl des Pförtners zu wecken – es ist schon ein Wunder, wenn er einen überhaupt zur Kenntnis nimmt. Wo immer man sich mit seinem Weltschmerz blicken läßt, man fühlt sich wie ein Aussätziger. Nirgendwo zeigt sich Entgegenkommen. Nirgends wird einem ein aufmunterndes Lächeln zuteil. Stattdessen wird man überall kurz abgefertigt, abgewürgt und angeschnauzt, daß einem alsbald das Herz in die Hose sinkt und man sich mit der Zeit daran gewöhnt, seine Würde an der Garderobe abzugeben und seinen Stolz auf der Fußmatte abzulegen, denn dort, wohin es einen verschlagen hat, sollte man sich gefälligst ducken.

Als jemand, der diese Spielchen kennt, lasse ich, kaum habe ich den Vorraum der Délégation betreten, mit stoischem Gleichmut die Arroganz der Türsteher, das Mißtrauen der Sicherheitsdienstler, die Verachtung der Unter-Unter-Untergebenen über mich ergehen.

Nachdem sie mich gründlich durchgecheckt haben, schubsen sie mich in eine Art Verlies und überlassen mich stundenlang mir selbst, ohne eine Tasse Kaffee, ohne jeden Kommentar. Nicht einmal einen Aschenbecher gibt es, um sich wenigstens am Glimmstengel festzuhalten. Der Verschlag ist gerade mal zwei Quadratmeter groß, trübselig, grau, mit niedriger Decke und fensterlos: ideal, um bei einem Tier einen Koller auszulösen, bis es vor Erschöpfung tot zusammenbricht.

Der Herr Kabinettsdirektor entsinnt sich erst dann meines Martyriums, als ich schon anfange, wie ein Ragout in meiner Nachtwächterjacke vor mich hin zu schmoren.

„Hier entlang, Monsieur Llob", bittet mich ein Sekretär mit der zuvorkommenden Höflichkeit des Scharfrichters, der dem Schelm den Weg zum Schafott weist.

Eine turmhohe Tür geht auf und gibt den Blick frei auf einen riesigen Saal, der nur so starrt vor Trophäen, Wappen und Monumentalgemälden. Eine Falltür, unter der mein Verderben klafft. So kommt mir das vor. Fast hätte ich mir den Knöchel auf dem Teppich verstaucht. Nicht wegen der gestampften Erde, die ich tagaus tagein unter meinen Füßen habe, sondern einfach, weil ich mich niemals an die sumpfigen Gefilde in dieser Höhenlage werde gewöhnen können.

Monsieur Slimane Houbel thront inmitten seiner Kommandozentrale, umgeben von Telefonschnickschnack, Glückwunschkarten und angeberischen Aktenbergen – man muß die Besucher doch glauben machen, daß ein hoher Beamter bis zum Hals in Arbeit versinkt und nicht so hopplahopp wieder daraus auftauchen kann.

Er lockert seinen Krawattenknoten, breitet seine Geierflügel aus und versinkt für einen Moment in Meditation – ein Gott, der nicht versteht, warum die Welt, die er geschaffen hat, ihm plötzlich entgleitet.

Mit mir ist gar nichts los. Immer, wenn ich vor einem Vorgesetzten stehe, befällt mich das fatale Gefühl, etwas Schreckliches angestellt zu haben. Trotz meiner unterm Strich untadeligen Reputation beschleicht mich ein vages Schuldbewußtsein, und ich ertappe mich dabei, wie ich den Kopf einziehe, mich geradezu demütig aufführe.

Monsieur Houbel liest in meinem Blick, wie ich mich innerlich vor ihm ducke, fühlt sich ermutigt und schiebt mir, statt mir erstmal einen Platz anzubieten, sofort ein Buch zu.

„Was soll das sein, Kommissar?"

Ich schlucke, aber der Kloß in meinem Hals löst sich nicht auf. Nach einer titanischen Anstrengung höre ich mich hervorpressen: „Ein Buch."

„Diese Fäkalie nennen Sie Buch?"

Jetzt spielt mein Adamsapfel verrückt. Er setzt sich auf Höhe meines Gaumens fest und bleibt stur da stecken.

Slimane Houbel fletscht die Zähne mit der Schamlosigkeit eines Esels, der den Schwanz hebt. Er mustert mich eingehend von Kopf bis Fuß, unschlüssig, ob er mich anspucken oder einen Scheuerlappen aus mir machen soll.

„Halten Sie sich denn tatsächlich für einen Schriftsteller, Monsieur Llob?"

Mit sorgfältig manikürtem spitzen Finger stößt er mein Opus* von sich, als handle es sich um Unrat: „Dieses groteske

* *„Morituri", dt. im Haymon-Verlag, 1999*

Machwerk hat nicht seinesgleichen, es sei denn die Niedertracht seines Verfassers. Sie versuchen die Gesellschaft, in der Sie leben, bloßzustellen und haben sich dabei doch nur selbst blamiert und den letzten Rest Wertschätzung, den ich für Sie noch zu haben glaubte, mit Erfolg vernichtet."

„Monsieur..."

„Ruhe!"

Ein Spritzer Spucke landet dicht unter meinem Auge.

Er erhebt sich. Seine wohlgenährte Statur überragt mich bei weitem, läßt mich in seinem Schatten verschwinden. Er ist der Boß. Und bei uns hat Macht nichts mit Kompetenz zu tun. Ihre Stärke liegt in der Bedrohung, die von ihr ausgehen kann. Zu seiner Linken blinkt ein Licht. Er drückt auf einen Knopf und wiehert ins Mikro: „Ich bin für niemanden zu sprechen, Lyès. Nicht einmal für den Raïs*."

So einfach ist das!

Der Boden vibriert, als er um den Schreibtisch herumkommt, um mir ins Weiße vom Auge zu sehen. Und wenn er sich zehnmal mit Dior bestäubt, sein Atem wirft mich fast um.

„Ich hoffe, ich teile Ihnen nichts Neues mit, wenn ich Ihnen sage, daß der letzte Trottel Ihr Gesudel dem analen Stadium der Literatur zuordnen würde, Monsieur Llob. Ihre Stilübung hat mehr mit Hirnwichserei als mit einem echten geistigen Impuls zu tun. Es wäre geradezu ein Kompliment, Sie einen Schreiberling zu schimpfen."

Jetzt macht er mich so richtig fertig. Das ist sein Vorrecht als Chef.

So ist das bei uns: Man kann der größte Kriegsheld sein, doch ein niedriger Dienstgrad hat sich an den Tressen und am IQ zu zeigen. Als Untergebener hat man die verdammte Pflicht und Schuldigkeit, seinen Geist unter Verschluß zu halten.

---

* *Staatspräsident*

Ich schaue mir den Despoten an – eine reinrassige Ausgeburt der Zarenrepublik: jung, reich, breitschultrig genug, das himmlische Manna aufzufangen, niemals gefährdet, niemals bedürftig, an jedem Finger eine Intrige und in jedem Palast eine Suite, dazu zwei Füße, um mich in Grund und Boden zu stampfen.

Und ich, Brahim Llob, ein Monument an Loyalität, doch auf tönernen Füßen, mit achtundfünzig fast schon senil, bald als Sprungbrett, bald als Fußabtreter mißbraucht, ich, der ich meine Nächte in kalten Autos und meine Tage am Schießstand verbringe, ich stehe stramm und lasse mich fertigmachen wie ein Köter, ich, der ich fröhlich jeden Tag, den Gott geschaffen hat, meine Haut riskiere, damit Heuchler wie er, undankbar und selbstherrlich, weiterhin ungestraft wüten können.

Slimane Houbel nimmt sich Zeit, ein Staubkörnchen von seinem Hemd zu entfernen. Er benetzt einen Finger mit der Zungenspitze und macht sich daran, es mit umständlicher Besessenheit wegzuputzen.

Er brummt: „Monsieur le Délégué hat mich beauftragt, Ihnen mitzuteilen, wie sehr die Lektüre Ihres Machwerks ihn angewidert hat. Wären da nicht Ihre langen Dienstjahre und Ihre Vergangenheit als Freiheitskämpfer …"

„Monsieur Houbel", unterbreche ich ihn aufgebracht, „warum haben Sie mich kommen lassen?"

Da fährt er auf, der Herr Kabinettschef. Seine Brauen ziehen sich zusammen, seine Nüstern beben wie der Beutetrichter eines Ameisenlöwen. „Ja, was glauben denn Sie, Kommissar, weshalb Sie hier sind? Haben wir früher vielleicht zusammen Kühe gehütet?"

„Sie sagen es."

Er merkt, daß ich anfange, die Situation in den Griff zu kriegen, und ist eine Spur verunsichert. Er weicht meinem Blick aus und klopft auf das Buch: „Was soll dieser Mist?"

„Das ist kein Mist!“

„Und ob! Ein Riesenmist sogar, mit sämtlichen Ingredienzien: Schamlosigkeit, Dämlichkeit...“

„Ich schulde Ihnen Rechenschaft als Polizist, nicht als Schriftsteller.“

„Schweigen Sie!“

Einen Millimeter näher heran, und sein Gesabber wäre mir voll ins Auge gespritzt.

Ich habe die Kanonen der Artillerie donnern hören, doch Slimane Houbels Gebrüll ist weit eindrucksvoller: Er verfügt über die Abschreckungsgewalt des Amtsmißbrauchs.

Er schnäubt sich geräuschvoll, um seine Wut einzudämmen. Seine Augen springen gleich auf mich los: „Ich erinnere Sie daran, daß Sie Staatsbeamter sind und sich folglich eine gewisse Zurückhaltung auferlegen sollten. Wir haben Ihnen bislang erlaubt, Ihre Eseleien zu veröffentlichen, doch wir sind nicht bereit, Verirrungen solchen Ausmaßes hinzunehmen. Sie sind zu weit gegangen. Sie haben sich viele Leute zu Feinden gemacht. Niemand wäre jetzt gern an Ihrer Stelle, nicht um allen Dichterlorbeer der Welt.“

Er ist widerwärtig puterrot angelaufen.

„Ihr Machwerk ist schändlich, einfach abscheulich. Ich habe schon immer gewußt, daß Sie bloß ein abgedrehter Phrasendrescher sind, ein übereifriger Schreiberling, aber wie hätte ich ahnen können, daß Sie sich zu solchem Schwachsinn versteigen...! Ich bin überzeugt, daß Sie sich in Ihrer Naivität nicht einmal der Tragweite Ihrer Phantastereien bewußt sind.“

Weißschäumender Schleim breitet sich in seinen Mundwinkeln aus, und sein stinkender Atem kriecht bis in den letzten Winkel des Raumes.

„Daß Sie ein unfähiger, frustrierter Griesgram sind, gibt Ihnen noch lange nicht das Recht, Ihre Vorgesetzten zu verleumden und Ihr Land in den Schmutz zu ziehen. Sie in Ihrer

Position sollten schließlich Schwarz und Weiß unterscheiden können. Natürlich kommt es vor, daß wir Fehler machen, aber doch aus Versehen, nicht aus Prinzip. Algerien ist nicht ganz im Lot. Aber wenn es hier und da ins Straucheln gerät, heißt das doch nicht, daß es völlig ins Schleudern kommt. Es ist das Schicksal junger Nationen wie der unseren, die ihren Weg suchen, Rückschläge zu erleben, Mißgriffe zu tun. Aus seinen Fehlern kann man nur lernen. Auf diesem Weg sind die Großmächte zu dem geworden, was sie heute sind. Ihr Verdienst liegt darin, daß sie stark genug waren, Widrigkeiten in den Griff zu bekommen, das Beste daraus zu machen…"

Das Problem mit den Erbauern von Totempfählen liegt darin, daß sie felsenfest glauben, sie könnten mit einem einzigen Baumstamm den ganzen Wald verdecken und gleichzeitig noch die Wilddiebe abschrecken.

„Monsieur…"

„Schweigen Sie! Sie haben weder das Zeug zum Märtyrer noch sind Sie aus dem Stoff, aus dem die Helden sind, Kommissar. Sie sind nicht einmal so lächerlich wie Ihre eigenen Figuren. Wenn Sie der Meinung sind, wir würden eine klägliche Gestalt abgeben, dann flößen Sie uns doch ein wenig von Ihrer aufrechten Gesinnung ein, vielleicht hilft uns das auf die Beine und wieder in die Gänge. Unser Volk ist erschöpft, enttäuscht, orientierungslos. Es gefiele uns gar nicht, wenn unsere Elite nur aus Schwarzsehern bestünde. Was wir brauchen, ist ein guter Stern, an den wir glauben, in dessen Licht wir unseren Weg gehen können. Miesmacherei ist nicht das, was uns derzeit begeistert. Das Stimmungsbarometer verlangt nach anderem."

Plötzlich merkt er, daß sich mein Buch in seinen Händen schon halb aufgelöst hat, wackelt mit dem Haupt, wie das ein Sultan angesichts seiner undankbaren Eunuchen tut und fällt plötzlich in sich zusammen: „Es schmerzt mich für Sie, Kommissar… Monsieur le Délégué hat mich auch noch beauftragt, Sie in Kenntnis zu setzen, daß Sie sich ab heute im vorgezogenen Ruhestand befinden… Und jetzt gehen Sie mir aus den Augen."

Ein schizophrener Chef rechtfertigt noch lange keinen Aufstand, und so schlage ich die Hacken zusammen, mache auf dem Absatz kehrt und schicke mich an zu gehen.

„Kommissar!"

Ich wende mich um.

Er drückt mir den Finger aufs Brustbein: „Da gibt's ein Sprichwort: Willst du voran, zieh nicht zu großes Schuhwerk an."

„Stammt von mir."

Er macht ein Gesicht, als wäre ich ihm auf den kleinen Zeh getreten.

4

Ich war schon auf der Rue Larbi Ben M'hidi angelangt, als mir einfiel, daß ich mein Auto auf dem Parkplatz der Délégation vergessen hatte. Ich habe ein Taxi konfisziert und bin nochmal zurückfahren.

Erst als ich hinterm Steuer sitze, kommt mir meine Einsamkeit in vollem Ausmaß zu Bewußtsein. Mina und die Kinder sind noch immer in Béjaïa, und die paar Freunde, die ich habe, haben mit sich selber genug zu tun. In meiner wachsenden Verzagtheit finde ich nicht den Mut, ins Büro zurückzukehren und meine Sachen abzuholen. Schlagartig kommt mir Algier so unergründlich wie eine Parallelwelt vor.

So gebe ich Gas und fahre drauflos, immer weiter, durch die Gluthitze der Straßen, mit leerem Blick, hohlem Kopf, taub für das Getöse rundum, nicht wissend woher noch wohin.

„Bist du farbenblind oder was, du Idiot?“ brüllt ein LKW-Fahrer mich an und zeigt auf eine Ampel, die längst auf Grün umgesprungen ist.

Seine Stimme dringt tausendfach gefiltert zu mir durch. Ich verheddere mich mit dem Schaltknüppel, würge mehrfach hintereinander den Motor ab. Als ich durchstarten will, springt die Ampel gerade wieder auf Rot. Ich fahre mit aufheulendem Motor los, löse ein schrilles Hupkonzert und eine gräßliche Lawine von Flüchen aus… *Willst du voran, zieh nicht zu großes Schuhwerk an!* sagt die Stimme in meinem Kopf… *Ich habe dich oft genug gewarnt,* näselt eine andere… *Schweigen Sie…* Die Stimmen jagen einander, überschlagen sich, belagern mich, hämmern auf meine Schläfen ein, gehen mir durch Mark und Bein… *Wenn man dich so hört, könnte man meinen, es handle sich um meinen Totenschein… Ziemlich gut getroffen… Monsieur le Délégué hat mich beauftragt… wie sehr… angewidert…*

Meine Reifen quietschen: Ich wache auf, zwei Zentimeter vor meiner Stoßstange eine Frau, die mich aus riesigen Augen anschaut und schleunigst über die Straße läuft, ihre Einkaufstasche furchtsam gegen ihre Brust gedrückt.

Die Nacht überrascht mich auf der Strandpromenade, wie ich an einem Geländer lehne und zwischen den Lichtern des Hafens meinen Gedanken nachhänge. Eine Polizeistreife, die ich nicht habe kommen sehen, umstellt mich wortlos, die MPs im Anschlag, bei der kleinsten Bewegung einsatzbereit. Ein Brigadier fährt mir mit dem Schein seiner Taschenlampe übers Gesicht und verlangt dann meine Papiere.

„Ist kein guter Platz hier, Kommissar!“ empfiehlt er mir, „es wurde ein verdächtiges Fahrzeug hier im Sektor gesichtet.“

„Wie spät ist es?“

„Ziemlich spät. Fahren Sie nach Hause.“

Ich bedanke mich und steige wieder in mein Auto.

Kaum stehe ich vor meiner Wohnungstür, klingelt drinnen das Telefon. Ich beeile mich ohne zu wissen warum.

Vom anderen Ende der Leitung springt mich die heisere Stimme meines Freundes Dine an: „Ich versuche schon seit einer Ewigkeit, dich zu erreichen.“

„Die Neuigkeiten sprechen sich ja schnell herum.“

„Vor allem die unangenehmen. Wo hast du denn gesteckt?“

„Am Strand. Hab den Kopf in den Sand gesteckt.“

„Gefällt mir gar nicht, wenn du so redest, Brahim. Ich baue darauf, daß du einen kühlen Kopf behältst.“

„Ich werde ihn gleich in den Kühlschrank stecken“, verspreche ich ihm.

„Sehen wir uns morgen? Ich bin ab zehn im Café En-Nasr. Falls du meinst, ein Freund sei dazu da, einem zur Seite zu stehen, wenn man in Schwierigkeiten steckt, dann weißt du wenigstens, wo du ihn finden kannst.“

„Nett von dir.“ Ich lege auf.

Erst als ich mich aus meiner Jacke schäle, wird mir bewußt, daß ich seit dem Morgen keinen Bissen zu mir genommen habe. Im Küchenschrank finde ich Brot und Käse, braue mir einen Kaffee zusammen und verziehe mich ins Wohnzimmer, um mir weiter das Hirn zu martern. Ich lasse mich in einen Sessel am Fenster fallen. Hinter den staubigen Scheiben sehe ich die Oberstadt, die im Nirwana schwebt. Algier lockt keinen Nachtschwärmer mehr an. Nur Gespenster geistern noch durch seine Nächte. Die Stadt hat den Glauben an den Abend verloren, der sich vor schlechtgelaunten Schlaflosen prostituiert, wittert in der Ruhe nach dem Sturm schon die Ruhe vor dem nächsten …

Das Klirren von Geschirr schreckt mich auf. Ich bin im Sessel eingenickt. Lino sitzt da, auf dem Sofa neben mir, hält sich an einer Tasse Kaffee fest und schaut mich ganz komisch an.

„Wie bist du denn hier reingekommen?“

„Nichts einfacher auf der Welt: Du hast vergessen, die Tür zu schließen.“

„Sieh an!“

Er setzt die Tasse auf dem Beistelltisch ab und beugt sich über meine Augenringe. Er ist besoffener, als die Polizei erlaubt.

„Wenn sie dich wirklich rausschmeißen, dann geb ich meinen Dienstausweis zurück“, tut er solidarisch kund.

„Ich kann mir aber keinen Fahrer leisten.“

„Das ist das letzte, worüber ich mir den Kopf zerbrechen würde. Begabung, Können, Vorbehalte, das zählt doch alles gar nichts mehr. Das einzige Beförderungskriterium, das sie uns gelassen haben, ist die Intrige. Und da werde ich mich zurückhalten!“

Lino glaubt nicht wirklich, was er da sagt. Er ist mein Zögling. Ich habe ihn im Geist der Sunna und der Empfehlungen der verbürgten Hadiths* erzogen. Wenn er sich jetzt so gehenläßt, dann nur, weil er leidet. Das ist seine Art von Protest.

Ich schiebe ihn freundlich beiseite und gehe mich umziehen. Als ich zurückkomme, steht er am Fenster, drückt sich die Nase an der Scheibe platt, hat die Hände hinter dem Rücken verschränkt. Ich stelle mich neben ihn und klopfe ihm auf die Schulter, ein kleiner Schwindel, damit er glaubt, daß Brahim Llob ein hartgesottener Bursche ist, der Tiefschläge wegsteckt wie nichts. Er wendet sich um und liest in meinem Blick. Seine Stirn legt sich in Sorgenfalten. Ich begreife, daß die Haltung, die ich mir da aufzwinge, offenbar nicht sonderlich glaubwürdig wirkt.

---

* *arab. „Rede, Gespräch, Erzählung, Bericht“ – Verbürgter Ausspruch des Propheten Mohammed. Die Hadith-Sammlungen reflektieren die Lebensgewohnheiten („Sunna“) des Propheten und gelten neben dem Koran als Hauptquelle des Islam.*

„Was gedenkst du zu tun?“ quetscht er hervor.

„Nachdenken.“

„Darf ich daraus folgern, daß ich dich in Ruhe lassen soll?“

„Ich bin stolz auf deinen Scharfsinn!“

Er blickt auf seine Schuhspitzen. „Die Sache trifft mich völlig unvorbereitet. Ich weiß nicht, wie ich angemessen reagieren soll.“

„Davon geht doch die Welt nicht unter, Lino.“

Er nickt. „Du sollst wissen, daß du mich jederzeit anrufen kannst.“

„Würde ich mir nie verzeihen, wenn ich daran zweifeln würde.“

Er hebt zögernd die Hand zum Gruß und trollt sich davon.

* * *

Wie immer, wenn ich nicht mehr weiter weiß, ertappe ich mich dabei, wie ich Kurs auf Da Achour nehme. Er ist mein Tranquilizer. Ich treffe ihn auf der Veranda am Meer an, wie er friedlich in seinem Schaukelstuhl döst; aus dem offenem Hemd quillt sein Elefantenbauch, während die Ohren unterm Strohhut verschwunden sind. Als er mich mit meiner tristen Miene auftauchen sieht, beugt er sich übers Radio, um den Ton leiser zu drehen, und trifft Anstalten, mich mitsamt meinem Weltschmerz in Empfang zu nehmen.

Ich setzte mich neben ihn auf einen Schemel und lasse meinen Blick über die Wellen schweifen. Der Strand ist belebt. Die Rufe der Kinder schwirren hinter den Schreien der Möwen einem Himmel zu, der purer nicht sein könnte. Jugendliche Schwimmer wagen sich weit aufs Meer hinaus, um junge Damen, die sich scheinbar gleichgültig im Schatten ihrer Sonnenschirme räkeln, zu beeindrucken, und spotten der Aufregung der Rettungsschwimmer. Auf Felsen, die wie Geysire schäumen, mühen sich Angler, widerspenstige Fische an die Leine zu bekommen. Das ist der algerische Sommer, zwar mit Höhen und Tiefen, aber wild entschlossen, keine Zugeständnisse zu machen. Müßte ich auf einer Leinwand die Essenz des Lebens festhalten, dann in den Farben dieses Sommers, dieses Waffenstillstandes.

Da Achour spitzt die Lippen: „Ich habe schon gestern mit dir gerechnet."

„Dann bist du also im Bilde?"

„Es gibt heutzutage keine Geheimnisse mehr. Das ganze Leben wirkt wie eine Fernsehaufzeichnung."

Er schiebt gemächlich die Krempe seines Strohhuts hoch und schaut mir ins Gesicht. „Und?"

„Ich krieg's schon irgendwie in den Griff."

„Gut so. Die modernden Gewässer im Teich vermochten noch nie die Reinheit der Seerose zu trüben."

„Aber sie erheben sie auch nicht in den Rang einer Krone."

„Kronen kümmern sie nicht. Sie ist sich selbst Majestät genug."

Ich blicke skeptisch.

Er fügt hinzu: „Ich habe mir Sorgen um dich gemacht."

„Hattest du Angst, ich würde mir eine Kugel in den Kopf jagen?"

„So unberechenbar, wie du bist …"

Ein großer Fußball landet neben der Veranda. Zwei Kinder kommen schüchtern näher, um ihn zu holen, und beobachten uns furchtsam aus den Augenwinkeln. Mein Lächeln schlägt sie schneller in die Flucht als die Grimasse vom Schwarzen Mann.

„Und? Was meinst du? Hab ich eine Dummheit gemacht?"

„Wenn du anfängst, an dir zu zweifeln, bist du keine Bohne wert."

„Ich zweifle ja gar nicht."

Da Achour schiebt seinen Hut definitiv hoch und rappelt

sich mühsam auf, um mir von Angesicht zu Angesicht zu erklären: „Ein Dichter macht keine Dummheiten. Ein Dichter deckt die Dummheiten der anderen auf. Ist doch logisch, daß das nicht jeden begeistert. Ich habe dein Buch gelesen. Es ist der Mühe wert, glaub mir."

„Sie haben mich einfach abserviert. Nach fünfunddreißig Jahren, in denen ich mich täglich mit diesen Idioten habe herumschlagen müssen. Nach fünfunddreißig Jahren, in denen ich mich grün und blau geärgert habe, in denen ich felsenfest an Recht und Ordnung geglaubt habe, an das Vorhandensein von Prinzipien, an Loyalität – allen Lügen, aller Demagogie, allen schmutzigen Machenschaften zum Trotz. Ich wollte mich schon längst pensionieren lassen, da kam mir dieser bekloppte Krieg in die Quere. Ich dachte, der brave Mann verläßt sein Schiff nicht, wenn es zu kentern droht, er versucht alles, um den Mast wieder aufzurichten. Und dann, eines Morgens, zeigen sie dir den Hinterausgang und verlangen von dir, die Fliege zu machen, ohne jede Vorwarnung..."

„Denn sie wissen nicht, was sie tun. Die Welt wird immer prosaischer. Die schlichten Freuden von einst, die Freude am Schönen, das ist heute aus der Mode gekommen. Das einzige Drama, das man kennt, ist das Drama des Mißerfolgs, der einzige Glaube, der noch gilt, der Glaube ans Investment. Der Mensch hat anstelle eines Gewissens nur noch eine fixe Idee: Money Money Money... Er ist überzeugt, daß die Grundwerte allein von einem abhängen: dem Börsenbarometer. Daher bewegt der Tod eines Gelehrten, der Brand einer Bibliothek oder der Mord an einem Künstler die Herzen sehr viel weniger als eine unprofitable Geldanlage."

„Wenn ich dich recht verstehe, soll ich jetzt wohl auch diesen Kurs einschlagen."

„Ganz und gar nicht. Genau hier trittst du ja auf den Plan."

„Als Spielverderber..."

„Der Dichter ist kein Brandstifter, doch sein Kummer wirkt wie eine Katharsis. Dein Buch sagt die Wahrheit. Das zählt mehr als alles andere. Der ganze Rest: der Ärger, den du hast, die Anwürfe und Drohungen, kurz, das ganze wilde Gefuchtel, das du auslöst, das darf dich nicht einschüchtern. Dieser grauenhafte Krieg hat zumindest ein Gutes: Er reißt uns die Maske vom Gesicht. Erst vor uns selbst, dann vor der Welt. Jeder suhlt sich in seinem Element. Die Demagogen geifern vor Eifer, die Intriganten werfen alle Hemmungen über Bord, und die Aasgeier müssen nicht mehr so tun, als stamme das Fleisch ihrer Brüder, über die sie herfallen, vom Metzger. Die Monster, die in uns geschlafen haben, stolzieren schamlos vor aller Augen einher. Und über diesem ganzen stinkenden Morast, da schwebst *du*. Wie ein Gott, der seine Welt überblickt, es ist fabelhaft. Hättest du nicht gewagt, deine Wut und deinen Abscheu laut hinauszuschreien, hättest du dich geduckt, damit diese Mistkerle ungestraft ihre Phantasien ausleben können, wäre ich furchtbar enttäuscht gewesen."

Plötzlich verfärben sich seine Hängebacken feuerrot.

„Hör auf, wie ein getretener Hund dreinzuschauen, Brahim, und zwar sofort. Oder kannst du mir unter den Tausenden von Opfern, mit denen die Wege unseres Wahnsinns gepflastert sind, auch nur eines nennen, das es verdient hätte, wie ein Tier abgeschlachtet zu werden? Kannst du mir in der ganzen Horde gottloser Kannibalen auch nur einen zeigen, der es wert wäre, daß man ihm verzeiht? Du hast dir nichts vorzuwerfen. Sie haben dich vor die Tür gesetzt, na und? Tausend andere Türen stehen dir offen, und meine zuallererst. Du hast deine Pflicht gewissenhaft erfüllt. Du warst erfolgreich! Diese Hurensöhne wissen das, deshalb zittern sie jetzt. Sie hielten sich für gerissener, sie dachten, es wäre ihnen das perfekte Verbrechen gelungen. Aber das Böse ist nie vollkommen. Vollkommenheit gibt es nur im Zusammenhang mit der Gerechtigkeit."

Er unterbricht sich, ist völlig atemlos, sinkt mit hervortretenden Augen und schäumenden Lippen in seinen Korbstuhl zurück. Während sein Bauch sich heftig hebt und senkt, verliert sein Blick sich zwischen den Schaumkronen im Meer. Ich nehme weder das Kindergeschrei noch das Klatschen der Wellen wahr; ich höre allein das Quietschen des Schaukelstuhls, der aufs neue zu schwingen begonnen hat. Zwei Minuten schwebe ich in einer Luftblase, als hätte mir einer einen Schlag in den Nacken verpaßt, dann spüre ich wieder Bodenhaftung, unbestimmt erleichtert durch Da Achours Abgeklärtheit. Nehme plötzlich wachen Sinnes den Luftzug wahr, der sein Hemd leise bläht, den Schweiß, der um seinen Nabel perlt, den Schatten um seine Augen und dazu diese Unbekümmertheit, die von seinen schlenkernden Armen ausgeht und mich, als wär's ein Zeichen, ermutigen will, die Dinge mit größerer Gelassenheit anzugehen.

„Danke", sage ich.

5

„Dein Pech, wenn du dich über meinen Besuch nicht freust!" schleudert Dine mir entgegen und fährt wie ein Tornado zur Tür herein. „Zwei volle Stunden habe ich im Café gewartet, und wer nicht kam, warst du. Da gibt's nur zwei Möglichkeiten, habe ich mir gesagt: Entweder der Vollidiot hat in seinem Badezimmer Harakiri begangen, oder ich bin sein alter Kumpel nicht mehr. Ich bin hergekommen, um mir Klarheit zu verschaffen."

Er schiebt mich mit der Hand zur Seite, inspiziert die Zimmer, kommt zurück und drängt mich durch den Korridor.

„Auf den ersten Blick", stellt er fest, „kein Grund zur Panik.

Keine demolierten Möbel, keine zerschlagenen Fensterscheiben. Was beweist, daß du hart im Nehmen bist, worüber ich froh bin… Und jetzt?" fügt er hinzu und breitet die Arme aus, „wollen wir hierbleiben und Trübsal blasen, oder wollen wir lieber essen gehen?"

Ohne meine Antwort abzuwarten, nimmt er meine Jacke vom Stuhl und drückt sie mir in die Hand… „Ganz schön triste bei dir. Komm, wir gehen uns amüsieren und pfeifen den Bullen eins."

Ich mache Anstalten, mich zu zieren. Seine Schlägerfaust befördert mich ins Treppenhaus. „Sonst verpassen wir noch den Höhepunkt des Spektakels, mein Lieber."

Im Handumdrehen befinde ich mich auf der Straße.

Dine schubst mich in eine fette, funkelnde Limousine, schwingt sich hinters Lenkrad und ruft: „Na, wie gefällt dir meine Kutsche? Jetzt bist du erst mal platt, was? Hast wohl erwartet, mich tagsüber Rosenkranz beten und abends in den Kneipen rumhängen zu sehen? Fehlanzeige! Mit dem Ruhestand hat ein neues Leben begonnen, ein zweiter Frühling. Rassehengste sterben mitten im Orgasmus, mein Schatz. Das Alter ist bloß was für Maulesel und Ackergäule."

Dine ist derart enthusiastisch, daß ich mich am Ende wirklich etwas entspanne. Ich lasse mich in den Sitz fallen und atme tief durch. Der Wagen spurt lautlos über den Asphalt. Am Himmel, an dem es millionenfach funkelt, lacht der Mond. Ich schließe die Augen und gestatte dem Fahrtwind, mein Haar zu zerzausen und mein Hemd aufzuplustern.

Dine führt mich ins *Corail*, ein pompöses Luxusrestaurant inmitten eines vier Hektar großen Parks, den gepflasterte Alleen und schmiedeeiserne Laternenpfähle durchziehen. Das Meer ist gleich nebenan, mit einem paradiesischen Streifen Strand voller Felsskulpturen. Einige Pärchen schlendern laut lachend über den feinen Sand, nur in den Winkeln, in die kein

Scheinwerfer reicht, verstummen sie kurz. Wir stellen den Wagen auf dem Parkplatz ab und erstürmen eine Eingangshalle, die nicht minder blitzt und funkelt als der monströse Kronleuchter, der von der Decke strahlt. Hinter einem Tresen aus granatrotem Mahagoni fingert der Empfangschef erst einmal seine Fliege zurecht, bevor er uns mit einem Lächeln bedenkt, dessen Professionalität etwas Beunruhigendes hat.

„Guten Abend, Monsieur Dine. Welch eine Freude, Sie heute abend unter unseren Gästen begrüßen zu dürfen!"

Er schiebt seine Hand auf eine Klingel. Alsbald kommt von man weiß nicht woher ein Vogel angestelzt, der steif und hochmütig dreinblickt. „Ist Monsieur Dines bevorzugter Tisch frei?"

„Ja, Monsieur."

„Nun, dann nehmen Sie ihn in Ihre Obhut."

„Sehr wohl, Monsieur."

Der Lakai zeigt uns gehorsamst den Weg, mit starrem Genick und strengem Frack stolziert er voran, die Nase wie einen Feuerhaken in die Luft gereckt.

„Wo habt ihr denn diese Antiquität aufgegabelt?" flüstere ich Dine ins Ohr.

Dine stößt mir den Ellenbogen in die Rippen, um mir klarzumachen, daß ich jetzt besser die Klappe halte.

Der Lakai führt uns an einen blumengeschmückten Tisch direkt an der Fensterfront, rückt uns die Stühle zurecht und löst sich in Luft auf.

„Der Ruhestand scheint dir nicht schlecht zu bekommen", bemerke ich zu Dine.

„Könnte man so sagen …"

„Hast du dich ins Geschäftsleben gestürzt?"

„Ich habe mir während meiner Dienstzeit nicht nur Feinde gemacht. Ein paar Freunde haben sich erinnert, daß ich ihnen mal nützlich war. Sie haben mir die Leitung eines kleinen Betriebs in der Lebensmittelbranche angeboten, und da habe ich zugegriffen."

Ich sehe mich im Saal um, entdecke den einen oder anderen alten Bekannten, ein paar Neureiche, die ihren Harem vorführen, ein paar hochgestellte Persönlichkeiten, die ganz in ihre Verhandlungen mit ausländischen Geschäftspartnern vertieft sind, und im Hintergrund die Verbrechervisage von Haj Garne* an einem Tisch mit Soraya K., der örtlichen Madame Claude**, die mich beide mit hämischem Grinsen mustern.

„Du erinnerst dich noch an Kader Laouedj?" fragt Dine und zeigt verstohlen auf einen gedrungenen Fettsack zu unserer Linken.

„Der hat aber zugelegt."

„In jeder Hinsicht. Man munkelt, daß er demnächst die Leitung des Komitees der Rechtschaffenen übernehmen soll."

Fast hätte ich mein Gebiß verschluckt. „Soll das ein Witz sein?"

„Klingt so, ist aber so gut wie offiziell."

Wirklich ein guter Witz! Ich kannte Kader Laouedj schon, als er seine ersten propagandistischen Zungenschläge am nationalen Fernseh-Konservatorium absolvierte. Ein Schleimscheißer erster Güte. Er hatte die höchsten Funktionäre in seiner Sendung zu Gast. An jenen Abenden blieb der Nation weiter nichts übrig als blindlings draufloszuzappen, auf die Gefahr hin, daß der Fernseher explodierte. Wer keine Satellitenschüssel hatte, machte kurzen Prozeß und schaltete aus. Und als er dann fürs Parlament kandidierte, stimmten alle Leute für ihn. Sie hatten keine andere Wahl. Es war das einzige Mittel, ihn davon abzuhalten, ihnen weiterhin ihren Fernsehabend zu

---

* *Figur aus „Morituri"*

** *Berühmte Organisatorin von Sexorgien in Frankreich*

versauen. Aber der Abgeordnete Laouedj hat nicht lange gebraucht, bis er wieder auf dem Bildschirm auftauchte. Nach knapp einem Jahr stand er fünf staatlichen Ausschüssen vor, bis er über eine schmutzige Korruptionsaffäre im Zusammenhang mit der Veruntreuung von Volkseigentum stolperte. Die Presse hat sich mit dem Mut der Meute auf ihn gestürzt und ihn wochenlang auf die Titelseite gezerrt. Der Ärmste hat sich von Prozeß zu Prozeß geschleppt, von Skandal zu Skandal, von Depression zu Depression, und ist schließlich ganz von der Bildfläche verschwunden. Nachdem der Sturm sich gelegt hat, taucht er mit einem herzzerreißenden Schuldbekenntnis, das er sich von einer Schar gekaufter Journalisten hat zusammenzimmern lassen, wieder aus der Versenkung auf, kommt in den Genuß der hohen Ehre, eine mickrige Benefizsendung zu moderieren, die ihn rehabilitieren soll, und wird schließlich auf den Posten des Dorfbürgermeisters in einem friedlichen Kaff gehievt. Nur zwei Jahre später startet er auf hohem Roß als Gründungsmitglied einer Pipifaxpartei sein politisches Comeback.

Laouedj bemerkt, daß ich ihn anstarre, hebt mir sein Glas zum Gruß entgegen und hat mich schon wieder vergessen. Eines ist sicher: Der Typ bringt es noch mal weit. Er ist von grenzenloser Schamlosigkeit und weiß, daß man in einem undurchschaubaren System um so schneller nach oben kommt, je weniger Skrupel man hat. Und ist man erst oben, steht man den Göttern in nichts nach. Der mieseste Charakter wird als originell eingestuft und frühere Fehltritte werden als Heldentat verbucht. Wer in der einen Hand das Geld und in der anderen die Macht hält, für den ist das Himmelreich nicht der Rede wert.

„Hör auf, ihn so anzustarren, du wirst ihn noch verärgern."

Ich fange mich.

Der Kellner kommt, nimmt unsere Bestellung entgegen und zieht wieder ab.

Erneut ertappe ich mich dabei, wie ich Laouedj beobachte, seinen Pariser Anzug, seine frischen Wangen und seine geschmeidigen Bewegungen. Das ist bloß ein Misthaufen von einem Gauner, sage ich mir. Außen hui und innen pfui. Auf einen Misthaufen werde ich doch nicht neidisch sein.

Eine Dame mit futuristischem Kopfputz tritt in Erscheinung. Sie ist hochgewachsen und feingliedrig wie ein Elektromast und aufreizend reizvoll in eine Robe gegossen, deren Rückenausschnitt bis zum Ansatz ihres Popos reicht. Einen Moment lang bleibt sie reglos zwischen den Tischen stehen, ihr Täschchen fest an den Busen gepreßt, und wartet hoheitsvoll, daß man sich ihrer annehmen möge. Schon kommt ein Lakai herbeigeeilt, bittet sie, ihm zu folgen und weist ihr den Tisch neben unserem zu. Gleich beginnt Dine, sich den Schnauzer zu zwirbeln. Die Dame dankt dem Lakai, nickt uns unmerklich zu, verschränkt ihre Rosenfinger unterm porzellanenen Kinn und versinkt alsbald in tiefe Kontemplation der Deckengemälde.

„Schau dir nur dieses Kunstwerk an!“ ruft Dine mit fiebernder Stimme aus. „Madame Zhor Rym, die schönste Witwe von ganz Algier.“

„Ich kenne sie.“

„Du kennst sie wirklich?“

„Naja, wie man sich so kennt.“

Er zerquetscht mir fast das Schulterblatt: „Machst du mich mit ihr bekannt?“

„Du hast eine prima Frau, Dine. Fände ich nicht gut, wenn du das vergißt.“

Er zerknüllt seine Serviette und zieht schmollend seinen Oberkörper zurück.

Hinten im Saal macht Haj Garne dem Lakai Zeichen näherzukommen, flüstert ihm etwas ins Ohr und steht auf. Er umrundet umständlich den Tisch, um Soraya K. beim Aufstehen behilflich zu sein. Seine Galanterie nach Art einstiger Eseltreiber ist so umwerfend, daß fast ein Gedeck dabei zu Bruch gegangen wäre.

Soraya blitzt ihn schwarzäugig an und schwebt, ganz große Dame, davon. Haj Garne, leicht verstört, checkt schnell ab, ob die am Nachbartisch auch nichts gemerkt haben, dann hastet er hinter seiner Gefährtin her.

Soraya rauscht hochnäsig an mir vorbei, während Haj Garne stehenbleibt, um Dine zu begrüßen, und dann meinen Jackenkragen anspricht: „Entzückt zu hören, daß sie dich rausgeschmissen haben, Llob. Da kriegt man ja fast Respekt vor der Polizei."

„Wenn es dir Spaß macht."

„Und ob! Es kommt mir jedesmal, wenn ich nur daran denke! Llob gefeuert, was braucht's mehr zum Glück?"

Er breitet die Arme aus zum Zeichen äußerster Glückseligkeit und jubelt drauflos: „Einfach geil ...!"

„Und dein Dinner, das läßt du sausen wegen mir?"

„Dir kann man nichts vormachen. Ich hielt den Ort hier bisher für clean."

Er reibt sich die Hände. Das Geräusch, das seine rauhen Handflächen dabei von sich geben, klingt einfach abstoßend.

„Soso, Yasmina Khadra nennst du dich jetzt! Damit wolltest du wohl die Jury vom Prix Fémina verführen und deine Gegner gleich mit hinters Licht?"

„Dem Mut der Frauen wollte ich meinen Respekt bezeugen. Wenn es überhaupt jemanden in unserem Lande gibt, der nicht den Schwanz einzieht, dann die algerische Frau."

Sein Gesicht verzieht sich zu einer häßlichen Fratze: „Willst du die Wahrheit wissen, Llob? Du bist einem Transvestiten aufgesessen!"

„Komm endlich!" ruft Soraya ihm von der Treppe aus zu.

Haj Garne bittet sie um noch etwas Geduld, kramt eine

Visitenkarte hervor und legt sie mir auf den Teller: „Man kann nie wissen! Wenn du mal Lust hast, Nachtwächter zu spielen, kannst du dich melden. Ich habe am Stadtrand zwei leere Lagerhallen stehen."

Er schaut mich sechs Sekunden lang schief an, sagt noch: „Mann, geht's mir heute prächtig!" Und trabt seiner Schickse ins Treppenhaus nach.

„Mir hat es ungemein gefallen", piepst Madame Rym, deren Kinn noch immer auf ihren Krällchen ruht, während ihr Blick nach wie zur Decke geht.

Weder Dine noch mir ist klar, ob sie sich an uns gewandt oder einfach nur laut gedacht hat. „Wie bitte, Madame?"

Ihre riesengroßen Vestalinnenaugen senken sich auf mich herab.

„Ich sagte, daß es mir ungemein gefallen hat, Monsieur Llob. Ich spreche von *Morituri*."

„Zu liebenswürdig von Ihnen."

„Es ist nicht meine Art, hinter Türen zu lauschen, aber dieser Flegel hat ja so laut geredet, daß das ganze Restaurant mithören konnte."

„Vermutlich, weil er etwas schwerhörig ist."

„Und schwer von Begriff dazu."

„Kein Grund zur Sorge: das war bei dem schon immer so."

Sie flechtet ihre Finger auseinander und wendet uns ihr Gesicht zu. Faszinierend, mit welcher Eleganz sich ihr Hals wie in Zeitlupe dreht. Ein wahres Wunder, diese Frau. Die Raffinesse ihrer Toilette und die Anmut ihrer Bewegungen fügen ihrer Schönheit jenes gewisse Etwas hinzu, durch das ein Meisterwerk sich von der Fälschung unterscheidet.

„Möchten Sie nicht an unseren Tisch übersiedeln, Madame Rym?" schlägt Dine vor.

„Sehr freundlich von Ihnen. Aber ich bin bereits verabredet... Dessen ungeachtet, Monsieur Llob, würde ich mich freuen, wenn Sie mich besuchen kämen, falls es Sie eines Tages mal nach Hydra verschlägt. Ich habe mir schon immer gewünscht, einmal Gelegenheit zu haben, mit Ihnen zu plaudern. Ich verehre die Schriftsteller."

„Wir werden nicht versäumen, bei Ihnen vorbeizuschauen!" flötet Dine mit erstaunlich melodischer Stimme.

„Am Montag gebe ich einen kleinen Empfang. Nichts Besonderes, ein schlichtes Treffen unter Freunden."

„Um nichts in der Welt würden wir das verpassen wollen", verpflichtet Dine sich feierlich.

„Na, wunderbar, dann bis Montag, ab zwanzig Uhr."

Sie lächelt und versenkt sich erneut in die Kontemplation der Deckengemälde.

Unsere Unterredung ist hiermit beendet.

Die Hose bis auf die Knöchel herabgelassen, die Krawatte über die Schulter geworfen, so steht Kader Laouedj in der Herrentoilette und wäscht sich die Hände. Er ist schon im Zustand fortgeschrittener Trunkenheit und hat Mühe, seine Bewegungen auf die Reihe zu kriegen. Er fährt sich mit feuchten Fingern durchs Haar, dann übers Gesicht. Als er sich aufrichtet, sieht er mich im Spiegel. Mein Anblick stimmt ihn mißvergnügt.

„Gute Reise, Sam!" ruft er mir zu, während ich die Tür zum WC aufstoße.

Er wendet sich schwankend um, um mir mit unsicherer Hand Bye Bye zuzuwinken.

„Und gutes Geschäft!"

Ich beachte ihn nicht weiter und schließe die Tür hinter mir. Als ich herauskomme, steht er noch immer da, stützt sich mit wankenden Knien am Becken ab, ist kurz davor zusammenzusacken. Er wischt sich die Hände an der Krawatte ab, macht versuchsweise einen Schritt nach vorn, doch sein schwerfälliges Hinterteil hält ihn zurück, und er lehnt sich haltsuchend an die Wand.

„Du hast vergessen, hinter dir abzuziehen, Sam."

„Sie verwechseln mich mit jemandem, guter Mann. Ich heiße Llob, Brahim Llob."

Sein Finger sagt nein, und seine Fettmassen beginnen zu wogen: „Du bist Sam. Du gehörst in die Kloake. Du kannst gleich reinspringen und hinter dir abziehen, und wenn du's nicht tust, tu ich's für dich."

„Da passe ich doch gar nicht durch!"

Er schnaubt so heftig, daß es ihm fast die Nasenlöcher zerreißt, und trompetet los: „Du Saftsack, du Arschloch, du Mistkerl! Hast du nichts Besseres zu tun gehabt, als uns vor unseren Gegnern bloßzustellen? Wolltest du dein Publikum mit deinen käuflichen Scherzen amüsieren oder was? Wenn Algerien dir zum Hals raushängt, dann verpiß dich doch, und zwar dalli! Die Überläufer und Bastarde da drüben warten schon auf dich, auf der anderen Seite vom Meer!"

Es liegt keine Verwechslung vor. Kader Laouedj meint zweifelsfrei mich. Er spuckt offenbar alles an Gift und Galle aus, was ihm beim Lesen meines Buches hochgekommen ist. Sein Gesicht ist violett verfärbt und bebt in schäumender Wut, die ihm schon aus den Mundwinkeln quillt.

Er taumelt, klammert sich am Waschbecken fest und zeigt mit dem Finger auf den Spiegel hinter sich.

„Wetten, der Spiegel zerspringt beim bloßen Gedanken daran, dein Bild wiedergeben zu müssen. Du bist widerlich, Sam. Der größte Mistkerl aller Zeiten. Algerien wird die, die ihm die Treue halten, zu erkennen wissen. Und die Verräter, früher oder später kriegen wir sie alle zu fassen und ficken sie an Ort und Stelle in den Arsch."

„Sie sollten nicht ganz so dick auftragen, Monsieur Laouedj."

„Man kann gar nicht dick genug auftragen, sonst reißt es

dir noch was auf, du Aasgeier. Aber du hast auf die falsche Beute gesetzt. Algerien ist ein Herrenland, ein uneinnehmbares Heiligtum. Und die echten Algerier, das sind alles stolze Herren. Sie halten der Katastrophe stand. Sie wanken und sie weichen nicht. Keine Gewalt, und sei sie noch so mächtig, vermag sie in die Knie zu zwingen. Wir gehören zur Rasse der Unbezwingbaren, Sam. Wenn der Donner des Himmels uns nichts anhaben kann, dann wird uns dein Gesudel erst recht nicht aus der Fassung bringen. Du bist ein Vollidiot, ein elender Trottel, ein rettungsloser Dummkopf!"

Er versucht, mich anzuspucken, doch besoffen, wie er ist, bleibt ihm der Speichel an den Lippen kleben und tropft dann langsam übers Kinn. Er stützt sich gegen die Wand, krümmt sich in verbissener Anstrengung und schnellt mit gestreckter Faust nach vorn. Ich weiche ihm aus. Sein Schwung reißt ihn mit und er torkelt ins WC. Er klammert sich an der Klosettschüssel fest, krampfhaft bemüht, sich wieder aufzurichten; doch seine Schuhe rutschen auf den Fliesen weg, und schon fällt er wieder hin. Man könnte fast Mitleid mit ihm kriegen.

„Es ist aus mit dir, Sam. Wir machen dich fertig, du Verräter, du Überläufer!"

Ich verlasse die Herrentoilette. Seine Säuferstimme verfolgt mich noch lange: „Aus mit dir…, du bist ein toter Mann, Sam!!! Saftsack…! Arschloch…! Mistkerl…!"

Es sollte noch besser kommen. Nach dem Essen paßt uns der Geschäftsführer des *Corail* an der Rezeption ab. Erst schüttelt er Dine die Hand, dann zieht er seine Hand demonstrativ zurück, um mich nicht grüßen zu müssen, fährt sich mehrmals mit der Zunge über die Lippen und sagt schließlich: „Monsieur Dine, unser Haus steht Ihnen jederzeit offen. Sie sind ein besonders gern gesehener Gast. Dennoch wäre ich Ihnen verbunden, wenn Sie künftig auf Ihren Umgang achten wollten.

Wir sind ein Privatclub. Unsere Gäste sind anspruchsvoll. Wir können es uns nicht leisten, unseren guten Ruf aufs Spiel zu setzen."

„Was ist denn bloß los, Monsieur Abbas? Gefällt Ihnen die Nase meines Freundes nicht?"

„Um ehrlich zu sein: Ihr ganzer Freund gefällt mir nicht."

Dine blickt erst ihn an, dann mich, dann wieder ihn, und seine Wangen zucken verdächtig. Seine Faust krümmt sich und beginnt gefährlich zu beben.

„Komm, wir gehen", sage ich zu ihm.

„Einen Moment!" ereifert er sich und schüttelt meine Hand von seinem Arm. „Was wollen Sie mir da zu verstehen geben, Monsieur Abbas?"

„Ich dachte, ich hätte mich deutlich genug ausgedrückt."

„Mag sein, aber ich habe es nicht recht begriffen."

Der Geschäftsführer schnippt mit den Fingern. Schon kommen zwei Gorillas angetrabt, direkt aus einem Horrorzoo entlaufen.

„Wenn Sie die beiden Herren bitte hinausbegleiten würden."

Die zwei Gorillas packen uns, ehe wir auch nur reagieren können, schieben uns zum Ausgang und schmeißen uns raus. Der Geschäftsführer mustert uns zwei Sekunden lang verächtlich, dann rät er uns in einem Ton, der zu denken gibt, nie wieder auch nur einen Fuß in die Nähe seines Etablissements zu setzen. Und bevor er uns definitiv den Rücken zukehrt, bemerkt er noch zu mir:

„Manch kleiner Mann wär gerne groß, Monsieur Llob. Doch kein Zwerg wird größer, höchstens älter. Vorausgesetzt, er bleibt am Leben."

II

Das Schlimmste ist, um seine Dummheit zu wissen
und sich nichts daraus zu machen.
Brahim Llob

6

Als es an der Tür klingelte, sann ich gerade darüber nach, was Lino mir eines Abends auf der Küstenstraße gesagt hatte. Wir waren in einem Grillroom und schoben uns was zwischen die Kiemen. Lino gab mit fettriefendem Kinn und Beulen in den Backen folgende tiefsinnige Bemerkung von sich: „Die vernünftigste Art, einer Sache zu dienen, besteht nicht darin, für sie zu sterben, sondern sie zu überleben." Damals fühlte Algerien sich noch gesund und kräftig an, ich platzte fast vor Patriotismus und neigte nicht dazu, den Äußerungen eines Untergebenen Beachtung zu schenken. Aber heute, da trifft es mich wie ein Bumerang. Mit der Wucht einer Wahrheit aus Kindermund. Stundenlang brüte ich schon darüber nach. Ein harter Brocken. Unverdaulich. Einfach furchtbar.

Mein Leben lang habe ich immer daneben gelegen. War der ewige Brummbär, der Karikatur näher als dem Wald, durch die allgegenwärtige Niedertracht in eine Art größenwahnsinniger Starre versetzt, die mich blind und taub machte. Es widerte mich an, meine Umgebung fröhlich hinter einer Pappnase hertrotten zu sehen. Doch heute, da weiß ich: der Grauschleier, der mir den Blick verstellte, der bittere Groll, der mir die Eingeweide zerfraß, all das kam daher, daß ich nicht zuhören konnte. Ich war betäubt von meinem Groll, dem Groll des Unbestechlichen, verblendet von meinem Ekel vor allem, was meiner Vorstellung vom Wahren und Guten widersprach.

Vielleicht war es nur der Versuch gewesen, mich zu retten vor den Machenschaften des Teufels, der überall lauern konnte, oder mich abzugrenzen vor den intriganten Umtrieben, wie sie in den Zentren der Macht florierten, denn mein Kokon erschien mir als das denkbar beste Alibi. Welch Utopie! Einmal mehr hatte ich nichts begriffen.

Gewiß, tröstete ich mich, in jeder Mülltonne finden sich Dinge, die noch heil sind. Aber, so verzagte ich gleich darauf, was ist das schon, ein heiles Ding in einer Mülltonne? Ob es nun von einem Penner herausgepickt wird oder auf der Deponie landet, der Welt des Unrats entgeht es nicht… Voll daneben! Könnte ja sein, daß es recycelt wird!

Heute bin ich überzeugt, daß die modernden Gewässer im Teich der Reinheit der Seerose keinen Abbruch tun.

Ich hatte die Wahl zwischen zwei Wegen, mich meiner Aufgabe gegenüber der Gesellschaft zu entledigen: ihr zu Diensten zu sein oder sie mir zu Diensten zu machen. Ich habe mich für den Weg entschieden, der mir als das kleinere Übel erschien. Es war hart, aber ich bereue nichts. Ich frage mich noch immer: Muß man seiner Überzeugung bis zuletzt die Treue halten? Oder soll man sein Mäntelchen lieber nach dem Winde hängen? Und was heißt das: bis zuletzt? Bis an den Galgen, bis in den Untergrund oder bloß bis in die Moschee, wo man unter lauter Tattergreisen vermodert, wie es sich für brave Pensionäre gehört?

Lino hatte recht gehabt. Er hatte mit übervollem Mund gesprochen, an jenem Abend auf der Küstenstraße, aber nicht nur wegen der Fleischspießchen. Sterben ist der schlimmste Dienst, den man einer guten Sache erweisen kann. Denn über allen Trümmern und Opfern tummeln sich unweigerlich irgendwelche Aasgeier, die listig genug sind, sich als Phönix auszugeben. Und die werden nicht eine Sekunde zögern, mit der Asche der Märtyrer ihre privaten Paradiesgärten zu düngen, die Grabsteine der Gefallenen in Monumente für sich selbst zu verwandeln und die Tränen der Witwen auf ihre Mühlen umzuleiten. Und das, das kann ich nicht ertragen.

Vielleicht habe ich deshalb so lange gebraucht, bis ich auf das Klingeln reagiert habe.

„Hast du dein Hörrohr verlegt oder was?" wiehert Dine auf dem Treppenabsatz. „Ich läute schon seit gut zehn Minuten."

Angesichts meiner tristen Miene dämpft er den Ton und grinst mich stumm an mit seinem Pferdegebiß. Dann pocht er mit seinem nikotingelben Fingernagel eindringlich auf das Zifferblatt seiner Armbanduhr, um mir klarzumachen, daß wir zu spät zu unserer Verabredung kommen werden.

Ich nehme lustlos meine Proletarierjacke vom Haken und hole ihn am Fuß der Treppe ein.

Dine ist so erregt, daß man meinen könnte, er wäre angespitzt. Er hat seinen besten Anzug an, dazu italienische Schuhe, und ist derart üppig mit Eau de Toilette bestäubt, daß es sogar einen Leichnam im fortgeschrittenen Stadium der Verwesung wieder annehmbar duften lassen würde. Um sich den Anschein von Seriosität zu geben, hat er sich eine gigantische Hornbrille auf die Nase geklemmt, die sein halbes Gesicht verdeckt.

„Hör zu, mein Schatz", warnt er mich, als er mir den Wagenschlag öffnet, „wenn du vorhast, den ganzen Abend über so muffig zu bleiben, bleiben wir besser gleich zu Hause. Vergiß nicht, daß wir eine Dame besuchen. Also bitte, ein bißchen Haltung – und nicht so eine Trauermiene!" fügt er hinzu und knallt die Wagentür hinter mir zu.

Kein Wort dringt aus meinem Mund während der ganzen Fahrt. Meine Bitternis hat etwas, das einem alle Freude auf Erden vergällen kann, Dines Freude zuallererst. Er hat inzwischen gemerkt, daß es sinnlos ist, den Clown zu spielen, um mir ein Lächeln zu entlocken. Meine Unleidlichkeit beginnt auf ihn überzuschwappen wie ein giftiger Nebel. Einmal hätte ich ihn fast gebeten, anzuhalten und mich aussteigen zu lassen. Ich wollte zu Fuß nach Hause zurück. Nicht um mir die Beine zu vertreten oder den Geist zu lüften, sondern einfach, weil ich finde, daß sogar Dine mich jetzt mächtig zu nerven beginnt. Und überhaupt, ich habe schließlich ein Recht darauf, mich in meinen vier Wänden zu vergraben, meine Gedanken zu sortieren, ein wenig Abstand zu gewinnen, um zu sehen, wie es um mich steht.

Was weiß Dine denn schon von meiner Einsamkeit? Warum schleppt er mich zu dieser Witwe, obwohl ich gar nicht darauf brenne, sie wiederzusehen? Wenn *er* sich für sie interessiert, was habe ich damit zu tun? Wenn man so will, benutzt Dine mich nur.

Seit langem schon finde ich Feten nicht mehr zum Lachen. Die Ursache dafür liegt in der Kindheit, die man mir gestohlen, der Jugend, um die man mich gebracht hat, und heute sind die Zeiten auch nicht danach, das wieder ins rechte Lot zu rücken.

Als ich ein Junge war, war immer diese Glasscheibe zwischen mir und meinen Träumen auf der einen Seite, der Ausgelassenheit des Feierns auf der anderen.

Auf dem Hof der Guillaumets, wo ich als Mädchen für alles verdingt war, blieb keine Zeit für Zerstreuungen. Ich war ständig im Dreh, hin- und hergerissen zwischen Haushaltspflichten und Botengängen, war bemüht, mein Geld auch wert zu sein, und ertrug mit stoischem Gleichmut alle Höhen und Tiefen – ganz wie die Schwalben, bei denen sich das Weiß der Bäuche wunderbar mit dem Schwarz auf ihrem Rücken verträgt. Gott hat zweierlei Sorten von Menschen geschaffen, lehrte man mich: reiche und arme.

Wenn das Haus meiner Herrschaft mit Girlanden geschmückt war und aus allen vier Himmelsrichtungen knatternde Automobile und Kutschen eintrafen, wenn der Lärm des Festes bis auf den Berg emporschallte und das Lachen der Frauen sich am Firmament brach, dann gab ich mich mit einer Astgabel oder einem Plätzchen im Schatten zufrieden und betrachtete das Glück der anderen wie durch ein Aquarium hindurch. Stundenlang blieb ich so hocken, starr vor Kälte und Staunen, die Nase bis zum Morgengrauen gegen die Scheibe gedrückt, und nicht eine Sekunde verübelte ich es den Leuten von Igidher, daß sie nichts taten, meine Kinderaugen wenigstens ein bißchen zum Leuchten zu bringen.

Damals waren es immer die französischen Siedler, die etwas zu feiern hatten. So war es, damit mußte man leben. Und deshalb verkrieche ich mich bis auf den heutigen Tag immer, wenn sich irgendwo die Freude breitmacht, sofort in eine Ecke, in der ich mich ausgeschlossen fühlen kann.

Wir kommen mit vierzig Minuten Verspätung in Hydra an. Eine Straßenschlacht zwischen Polizei und einer Terroristengruppe hatte uns zu einem Umweg genötigt.

Madame Rym bewohnt ein imposantes Herrenhaus an der Rue de la Paix, gegenüber einem Platz voller Palmen, der wie eine Oase wirkt. Die Gegend scheint idyllisch. Kein einziges Auto am Straßenrand, keinerlei Lärm. Eine Gruppe Jugendlicher albert unter einer Mimose herum. Ihre Gesichter sind rosig, manche haben sich die Schläfen ausrasiert, andere haben einen Pferdeschwanz, bei allen funkelt ein Ring im linken Ohr. In Algier nennt man sie die *Tchitchi*-Bruderschaft. Sie sind in der Lage, einen Krieg zu durchleben, ohne das Geringste davon mitzubekommen.

Madame Rym ist erleichtert, als sie uns endlich auftauchen sieht. Sie wollte schon fast die Hoffnung aufgeben, gesteht sie uns, während sie mich am Arm nimmt, um uns ihren Freunden vorzustellen, die sich sichtlich wohl fühlen inmitten all der

Pracht. Da gibt's Miezen, die sind so liebreizend wie Brokatstickerei, Frauen wie gefüllte Puten und Herren von distinguiertem Äußeren. Hier und da lagern ältere Damen mit der Reglosigkeit heiliger Kühe auf dem Diwan, damit beschäftigt, ihr fettes Vermögen wiederzukäuen und Gleichgültigkeit gegenüber dem Charme ihrer Gigolos zu heucheln, die bereit sind, ihnen für ein wenig Taschengeld den Hengst zu machen. Weiter hinten dann die Crème de la Crème, darunter, soweit ich erkennen kann, Baha Salah, ein Großindustrieller, der ein Erdbeben auslöst, wenn er sich nur einmal schneuzt; Amar Bouras, ein verstockter Regionalist, der es verstanden hat, in der richtigen Sippe das Licht der Welt zu erblicken und sich strikt an den Wahlspruch der Seinen hält: sich schnell bereichern und lange herrschen. Er steht an der Spitze einer mafiösen Partei. Sodann Doktor Lounes Bendi, renommierter Gelehrter und eingefleischter Opportunist, der nicht zögern würde, seine eigene Mutter den Flammen auszuliefern, nur um von sich reden zu machen; Omar Daïf, heruntergekommener Filmemacher, den man auf jeder Szene-Soiree trifft, wo er mit beharrlichem Schielen nach einem Mäzen Ausschau hält; Scheich Alem, glühender Befürworter des Volksaufstands von 1992, der mächtig stolz auf seine sechs Monate Internierungslager ist und seinen subversiven Bart so würdevoll wie ein Stachelschwein seine Stacheln zur Schau stellt. Und natürlich der unvermeidliche Kader Leuf, ein aufrechter Journalist, hellsichtig, unbestechlich und objektiv, dem alle Welt einstimmig so viel Charakter wie einem französischen Käse zuspricht.

Wie Achtzigjährige, die in die Schlacht ziehen, schreiten wir die Front ab: hier ein Neureicher, dort eine vermögende alte Witwe. Ein Herr ist derart beschäftigt, sich die Würmer aus der Nase zu ziehen, daß er nicht eine Sekunde für uns erübrigen kann. In der Tat: eine höchst bedeutungsvolle Expedition. Zwischen gestelzten Artigkeiten und flüchtigen Salamaleikums lavieren wir uns durch diesen Jahrmarkt, an dessen Ausgang uns die Gastgeberin uns selbst überläßt, um den nächsten Troß Neuankömmlinge unter ihre Fittiche zu nehmen.

„Eine Wucht!“ jauchzt Dine, der Madame Rym mit den Augen verschlingt.

„Ihr Reichtum?“

„Sie selbst, na hör mal!“ schimpft er aufgebracht.

Ich gestehe ihm mildernde Umstände zu und hake das Thema ab.

Mostéfa Haraj läßt seinen Archipel dienstbarer Geister im Stich und kommt zu mir herüber, um mir mit seinem Scotch on the Rocks unter der Nase herumzuscheppern. Haraj ist Bankier. Wir haben uns bei einem Verhör kennengelernt, das er mir bis heute nicht verziehen hat. Er ist untersetzt und bösartig, hat eine Visage wie ein Galgenstrick und würde eher einen Kredit riskieren als einem Unbekannten zulächeln. Ein widerlicher Kerl!

„Sehe ich Gespenster oder was?“ kläfft er mich an mit einer Stimme wie ein Abführmittel: „Brahim Llob unter der Elite, wer hätte das gedacht?“

„Ihr Enthusiasmus richtet mich auf.“

Da legt sich sein großes Maul in Falten: „Liegt nicht in meiner Absicht, Sie aufzurichten. Wenn Sie wüßten, wie abscheulich ich Sie finde... Leider fehlen mir die Worte.“

„Leider ist das nicht das einzige, was Ihnen fehlt!“

Sein Blick durchbohrt mich wie ein Degen. Er schwenkt arrogant seinen Drink und sagt: „Ich habe einen Freund in Paris. Den werde ich mal bitten nachzusehen, ob nicht ein Wasserspeier an Notre-Dame fehlt.“

„Nicht nötig, ihn zu behelligen. Ich habe hier doch einen – in Reichweite meines Speichels!“

Das hat gesessen! Die Adern auf seiner Glatze schwellen grauenvoll an. Doch eine gigantische Detonation läßt das

Haus erbeben und beendet jäh unser Gespräch. Mostéfa Haraj macht sich den ungestümen Zwischenfall zunutze, um sich unauffällig zu Seinesgleichen auf die Veranda zu verziehen. In der Ferne markiert eine Rauchsäule den Schauplatz der Tragödie, die die Stadt einmal mehr heimgesucht hat.

„Achtundsiebzig“, gluckert Scheich Alem und schafft es nicht, den morbiden Triumph zu unterdrücken, der in seinen Pupillen funkelt. Schon die achtundsiebzigste Bombe, die über Algier explodiert!

Ich gehe zum Balkon, um die Feuerzungen zu sehen, die an den Rockzipfeln der Nacht hochlecken. In der reglosen Stille nimmt das höhnische Kichern des Bärtigen schaurige Ausmaße an. Meine Hand setzt sich ganz von selbst in Bewegung, kriegt ihn am Kragen seiner Soutane zu fassen und schiebt ihn unsanft beiseite. „Du entschuldigst …“

Er versucht, die Stirn zu runzeln. Meine Finger schließen sich um seinen Nacken zusammen, tun ihm weh. Er zieht sich katzbuckelnd zurück, eingehüllt in seine Niedertracht: ein feiger, scheinheiliger Scharlatan, von dessen Zurückweichen ein eigentümlicher Glanz ausgeht, als hätte man einen Dämon exorziert.

Einige Minuten später dringt das Geheul der Sirenen wie ein apokalyptischer Chor zu uns herauf. Eine Dame, geschminkt wie eine japanische Schauspielerin, ringt in melodramatischem Gebet ihre schmuckbestückten Finger und sucht einen himmlischen Ansprechpartner, der gefällig genug ist, sie ernstzunehmen.

„Wir sollten nicht hier draußen bleiben“, bemerkt Baha Salah.

„Du hast recht“, stimmt Amar Bouras zu. „Wir werden uns doch nicht von solch miesen Kerlen die Laune verderben lassen.“

Einige Partygäste folgen dem Industriellen in den Saal. Die übrigen bleiben noch eine Weile im Freien, mehr oder weniger aufmerksam auf die Geräusche in der Ferne lauschend.

Doktor Bendi zündet mit olympischer Ruhe sein Pfeifchen an und betrachtet dann – eine Hand in der Tasche, in der anderen die Pfeife – die Rauchwolke, als wär's ein Kunstwerk.

„Mein Gott, dieser Krieg, den man wie eine schändliche Krankheit verbirgt!" seufzt Omar Daïf. „Langsam macht mich das verrückt."

Den renommierten Gelehrten läßt das kalt.

Der Filmemacher ballt beherrscht die Faust. In seinen zerknitterten Zügen steht die Ratlosigkeit etwas deutlicher geschrieben. „Wie lange wird das noch gehen, Doktor?"

„Ich habe meine Kristallkugel im Büro liegenlassen." Der Ton des Doktors ist barsch.

Omar Daïf versinkt in tiefes Nachdenken und bemerkt schließlich bekümmert: „Andernorts genügt ein einziger Schuß, ein Knallfrosch, ein Gefängnisausbruch, und schon wird die ganze Nation mobilisiert. Beim geringsten Zwischenfall gibt der Präsident in der Minute darauf eine offizielle Erklärung ab. Und bei uns, da werden kleine Mädchen erst vergewaltigt, danach enthauptet, Kinder werden von Sprengsätzen zerfetzt, ganze Familien Nacht für Nacht mit der Axt massakriert, und man tut so, als sei alles in bester Ordnung."

Der Doktor zieht lange an seiner Pfeife, bläst dem Filmemacher den Rauch ins Gesicht und kehrt zu den Neureichen im Salon zurück.

Omar Daïf wendet sich an die alte Dame neben ihm: „Ich habe doch recht. Zum Beispiel das Fernsehen. Wann immer Sie es einschalten, stoßen Sie auf eine Sendung, die himmelweit von der Tragödie in unserem Land entfernt ist."

Die alte Schachtel runzelt die Stirn in Richtung ihrer Höflinge, als ob sie sich fragte, warum man ausgerechnet sie zur Zielscheibe der Anklage macht, rümpft die Nase und zieht an der Spitze einer Heerschar von Gigolos von dannen.

„Wir sollten nicht dramatisieren!" schaltet Kader Leuf sich

jetzt ein und faßt den Filmemacher herablassend am Ellenbogen. „Der Krieg in unserem Land ist Teil der Umwälzungen, die sich auf allen Kontinenten vollziehen. Ein ganz normaler Ablauf. Wir sind kein Sonderfall. Man denke nur an Zaïre, Ruanda, Bosnien, Tschetschenien, den Mittleren Osten, Irland, Afghanistan, Albanien... Was sich hier bei uns abspielt, ist letztlich biologisch konditioniert. Unser Land will erwachsen werden. Es ist auf der Suche nach sich selbst. Eine schlichte Pubertätskrise."

Ich bin jetzt ganz allein auf der Veranda, übers Gelände gesunken, halb weggetreten. Da kommt Madame Rym angeschlängelt. Sanft legt sich ihre Hand auf meine.

„Warum haben Sie mich zu diesem Karneval der Beknackten geladen, Madame Rym?"

„Damit Sie wissen, was ich Woche für Woche auszustehen habe."

„Dazu zwingt Sie doch keiner."

„Deshalb versuche ich ja auch, neue Freunde zu gewinnen."

„Ach tatsächlich?"

„Absolut. In meiner Welt spricht man nur über Profit, Politik und Finanzgeschäfte, nie über andere Dinge. Ich bin es leid. Ich bin eine Träumerin, Monsieur Llob. Am liebsten säße ich irgendwo an einem Flußufer und würde alles vergessen, schlösse einfach die Augen und stellte mir vor, daß Märchen wahr werden: Sogar einen Frosch würde ich dafür auf sein feuchtes Maul küssen. Manchmal packt mich die Lust, einfach die Tür zuzuknallen und in den Büschen meine Träume aufzustöbern. Ich bin ein Mädchen vom Land, Monsieur Llob. Mein Vater besaß eine Hütte am Waldrand. Er ist nur deshalb in die Stadt übersiedelt, weil er fürchtete, man könnte mir hinter einem Baum auflauern. Ich bin leidenschaftlich gern durch die Wälder gestreift."

Ihre Finger haben sich mittlerweile in meiner Hand eingenistet. Ihre Augen, in denen sich das Laternenlicht spiegelt, funkeln wie zwei Juwelen. Ihr Parfüm ist stärker als alle Düfte, die aus dem Garten aufsteigen.

„Ich bin wie meine Rosen, die ich hingebungsvoll pflege. Aber das fällt keinem meiner Gäste auf. Alle kommen sie nur hierher, um zu feiern. Und im Morgengrauen, wenn sie wieder gehen, glänzen Tränen in meinen Augen, als wären es Tautropfen auf den Blütenblättern."

Sie faßt mich um die Taille, und ich spüre deutlich den Druck ihrer Brüste gegen meine Rippen.

„Kommen Sie, mein Freund, lassen Sie uns zu Tisch gehen."

Ich folge ihr.

„Mögen Sie Blumen, Monsieur Llob?"

„Unter anderem."

„Haben Sie eine Vorliebe für eine bestimmte Sorte?"

„Nun, sagen wir, ich sehne mich nach jener, die ich wohl kaum noch werde pflücken können."

„Nämlich?"

„Der Jugendblüte."

Das Dinner wird in einem riesigen, mit Samttapeten ausgeschlagenen Saal serviert. Das Bankett erstreckt sich über mindestens zwanzig Meter Länge. Es ist so üppig, daß man davon eine ganze Sippe zwei Tage lang satt bekäme. Ich werde zwischen zwei knusprige Damen an die Mitte der Tafel plaziert, zu meiner Linken Madame Baha Salah, rechts von mir Madame Haraj. Den Vorsitz macht Amar Bouras. Jeder andere hätte mich überrascht. Da er meint, er sei auf einem Kongreß, leiert er einen unverständlichen Diskurs herunter und bittet uns, massenhaft seiner Bewegung für die Wiederherstellung von Frieden und Wohlstand in Algerien beizutreten. Sein Politbüro klatscht eifrig Beifall. Das ist das Signal für die wackeren Kämpen: Im Sturm werden die Suppentassen eingenommen.

„In welcher Partei sind Sie denn, Monsieur Llob?“ fragt mich meine Nachbarin zur Rechten.

„In meiner Familie, Madame.“

„Da haben Sie recht. Aber wo ist denn Ihre Frau?“

„Zu Hause. Sie bereitet gerade mein Bad vor.“

„Kleiner Heimlichtuer. Während Ihre Frau Ihnen das Bad zubereitet, suchen Sie krampfhaft nach einer Rechtfertigung dafür.“

Eine zweite Detonation läßt uns hochfahren. Doch gleich nimmt Baha Salah das Heft in die Hand: „Kümmert Euch nicht um diese Idioten, liebe Freunde. Schlemmen wir bis zum Gehtnichtmehr!“

Die Selbstsicherheit des Industriellen entspannt die Atmosphäre. Hinter einer dicken Dame aus der Bourgeoisie versteckt, hat Scheich Alem mich im Visier. Kaum wende ich den Kopf ab, schmettert er los: „Neunundsiebzig!“

„Schäm dich, Scheich!“ empört sich der Filmemacher. „Ein Hadsch wie du, mit einem Bein schon im Grab! Wie kannst du dich nur freuen, dein eigenes Land in Flammen aufgehen zu sehen!“

„Daran ist nur die Armee schuld!“ deklamiert der Bärtige. „Sie hätte den Wahlprozeß nicht unterbrechen dürfen.“

„Die Armee hat nur ihre Pflicht getan. Hätten die deutschen Offiziere damals denselben Mut bewiesen, um Adolf Hitler den Weg zu versperren, dann hätte das in Deutschland sicher einen Bürgerkrieg ausgelöst, doch der Welt wären Holocaust, Massendeportationen und Gaskammern erspart geblieben.“

„Wir hatten nie die Absicht, einen Weltkrieg auszulösen!“ protestiert der Scheich.

„Und die kulturelle Säuberung, die der FIS angekündigt hat? Und der Galgen, den er den Intellektuellen in Aussicht gestellt hat? Und der Totalitarismus, für den er sich stark gemacht hat? Ich bin überzeugt, das Land hätte im Falle eines Wahlsiegs des FIS einen Genozid ungeahnten Ausmaßes erlebt. Zum Glück hat der FIS den taktischen Fehler begangen, zum bürgerlichen Ungehorsam aufzurufen ..."

Das ist der Moment, in dem Doktor Lounes Bendi, um sich Gehör zu verschaffen, mit dem Löffel gegen den Tellerrand klopft. Mit ungeheurer Konzentration und vernichtendem Lächeln blickt er abwechselnd den Scheich und den Filmemacher an.

„Etwas mehr Niveau, meine Herren, wenn ich bitten darf. Wir sind hier doch nicht am Stammtisch."

In der Gewißheit, die ganze Tafelrunde in seinen Bann gezogen zu haben, legt er den Löffel nieder und lehnt sich gemächlich zurück. Mit zwei Fingern liebkost er seine Lacoste-Krawatte. Neben mir beginnt Madame Baha Salah wie eine läufige Sau zu zittern. Seit wir zu Tisch sitzen, läßt sie ihn nicht mehr aus den Augen. Und immer, wenn sich ihre Blicke kreuzen, erbebt sie von Kopf bis Fuß.

Der Doktor holt tief Luft und donnert wieder los: „Wie konnte es kommen, daß der FIS, der kurz vor einem glanzvollen Wahlsieg stand, sich von heute auf morgen in die Illegalität begeben hat? Wozu der Aufruf zum zivilen Ungehorsam? Der FIS war das virtuelle Parlament. Warum hat er schlagartig alles hingeworfen, um im Gefängnis zu enden?"

Die Fragen des Doktors wandern einmal um die ganze Tafel, doch niemand mag sie aufgreifen.

„In der Tat", zwitschert zuletzt ein kurzsichtiges Fräulein, „das macht keinen Sinn. Das Volk war doch auf seiner Seite. Aus allen Umfragen ging er mit einer Mehrheit von über 80 Prozent hervor, Wahlbetrug hin oder her."

„Je länger man darüber nachdenkt, umso seltsamer kommt es einem vor!" bestätigt ein Schönling wohl nur deshalb, um alle Blicke auf sich zu ziehen.

Der Doktor sieht ein, daß er die Latte zu hoch gehängt hat, und lächelt noch eine Spur überheblicher, bevor er erklärt:

„Die Sache mit dem bürgerlichen Ungehorsam hat weder Hand noch Fuß. Damit nahm der Schwindel seinen Lauf. Der FIS entlarvte sich als ausführendes Organ. Alles war seit Jahren im Detail geplant. Der FIS ist nicht gekommen, um zu regieren, sondern um Krieg zu führen. Die Nomenklatura hat allen Sand in die Augen gestreut. Ihr schmutziges Geld quoll hinter der Fassade des Sozialismus hervor und begann, sie zu verraten. Sie fürchtete, hinweggeschwemmt zu werden von der Welle der Empörung, die ihr Gemauschel und ihre Spekulationen auslöste. Was sie brauchte, war neuer Lebensraum. Und das so schnell wie möglich. Es ärgerte sie, daß ihr Geld in die Banken im Ausland floß, daß sie Milliardensummen einfrieren mußte. Sie wollte ihr Beutegeld zurück, wollte hier, im eigenen Land investieren, einem Eldorado, das brachlag. Aber die Sache hatte einen Haken. Jedesmal, wenn man durchblicken ließ, daß dieses oder jenes hohe Tier ein großes Projekt lancieren wollte, tuschelte es im Volk: ‚*Minn ayna laqa hada?* Wie kommt der zu so viel Geld?‘ So ging das nicht weiter. Man mußte ihr das Maul stopfen, dieser Nation von Nichtstuern ... Aber wie? Nichts einfacher als das! Ein Krieg mußte her! Eine Krise, eine richtig schöne beschissene Krise, aber eine Krise, die sich von A bis Z steuern ließ ... Auf die Berberkarte setzen? Zu riskant fürs Vermögen. Die Karte der Arabisierung? Die Intellektuellen sind schlechte Söldner. Es galt ja, den Laden in die Luft zu jagen, alles abzufackeln, dem nationalen Gedächtnis ein Trauma einzuimpfen, die Nichtstuer, die ‚Immobilisten‘, zur Vernunft zu bringen und dieses Volk undankbarer und verstockter Subventionsempfänger solange auszuhungern, bis es sich nicht mehr scheute, um Brot für seine Kinder zu betteln, sich für den letzten Job zu prostituieren. Dann hat die Stunde der Nomenklatura geschlagen, die zynisch beteuert: ‚Wie gerne würde ich investieren, doch die Leute werden munkeln ...' ,Zum Teufel mit dem Gemunkel der Leute!' wird man dann sagen. ,Ist uns ganz gleich, von wem ihr euer Vermögen habt. Nur nehmt sie, die kaputten Fabriken, baut ein Imperium auf! Euch stören die Trümmer? Kein Problem, wir fegen bis vor eure Tür. Alles, was wir wollen, ist Arbeit!' Simsalabim, so leicht geht das. Ein Kinderspiel.

Und während die Theoretiker woanders ihren Chimären nachjagen, brennt das Land. Die Feuerwehrleute, die ihre Hilfe anbieten, sind in Wahrheit die Brandstifter selbst. Sie haben auf die richtige Karte gesetzt: den Fundamentalismus. Die Bruderschaft war einsatzbereit, stand Gewehr bei Fuß, tief frustriert und total indoktriniert. Gestern hat sie den Haß kultiviert, heute ist sie ein unterhaltsamer Zeitvertreib. Man bringt seinem Vater doch nicht bei, wie man Kinder macht!* Die offizielle Zulassung der Parteien mit religiösem Charakter wurde mit dem ausschließlichen Ziel betrieben, den Aufstand zu legitimieren. Erst hat man die Islamistenbewegung in den Rang einer Prophezeiung erhoben, dann hat man sie wieder abserviert. Logisch, daß die Geprellten zu den Waffen gegriffen haben. Als erster der MIA**, der bewaffnete Flügel des FIS. Dann der GIA***, die eiserne Faust des Vaters. Dieser Krieg ist weiter nichts als eine Baustelle, die die Polit- und Finanzmafia fröhlich unter sich aufteilt. Wenn sich ihr Imperium konsolidiert hat, wird sie mit den Fingern schnipsen – und wie im Traum kehrt wieder Ruhe ein. Und der arme Steuerzahler wird darüber so was von erleichtert sein, daß er für alle Zeiten die Lust an jeder Polemik verliert."

Spricht's, schiebt seinen Teller zurück und steht inmitten

---

* *Weitverbreitetes unübersetzbares Wortspiel, das vom Gleichklang des französischen Wortes für „Sohn" – fils – und der Abkürzung FIS für „Front Islamique du Salut" („Islamische Heilsfront") – lebt.*

** *„Mouvement islamique armé – Bewaffnete islamische Bewegung"*

*** *„Groupe islamique armé – Bewaffnete islamische Gruppe"* einer betäubenden Stille auf, holt seine Pfeife hervor und macht einen heroischen Abgang, ohne die Zuhörer auch nur eines Blickes zu würdigen.

Drei Minuten lang sind wir sprachlos, fühlen uns schuldig, so wenig auf der Höhe dieses Monumentes an Intelligenz gewesen zu sein. Madame Baha Salahs Fingergelenke sind ganz milchig verfärbt, so heftig hat sie ihre Serviette gepreßt. Dine, der mir gegenüber sitzt, ringt vergeblich um Atem. Alle blicken einander an, und niemand wagt ein Wort zu sagen. Zuletzt bin ich es, der das erste Lebenszeichen von sich gibt, indem ich zwei Schluck Wasser trinke, die im abgrundtiefen Schweigen so laut in meiner Kehle dröhnen wie die zwei Bomben, die heute abend explodiert sind.

„Phantastereien!" ruft Kader Leuf vom Ende des Tisches.

„Hmmm…" brummt Baha Salah, „der hält sich wohl für den Nero der Weisheit."

„Goebbels hatte schon recht. Wenn einer nur ein Buch hervorzieht, sollte man gleich den Revolver ziehen", spottet Haraj.

„Zum Teufel, diese Intellektuellen! Halten sich für schlauer als alle und sind doch die ersten, die angeschmiert sind!" bemerkt ein kräftiger Typ mit einer Stirn wie ein Rammbock. „Sei so gut, mein Lieber, und reich mir mal das Silbertablett."

„Man muß nur mal sehen, was für Leidensmienen sie in den ausländischen Fernsehsendern zur Schau tragen, die Intellektuellen. Sühneopfer, denen nicht zu helfen ist. Sie haben Angst, schlafen schlecht, werden verfolgt, können ihr Auto nicht vom Parkplatz holen, man will sie umlegen, sie sind allein, sie schlagen sich an allen Fronten zugleich …"

„Was man nicht alles für eine elende Aufenthaltsgenehmigung auf sich nehmen muß!"

„Aber hallo!" ergreift Amar Bouras das Wort: „Manche haben damit Erfolg. Ich kannte mal einen Schreiberling, der sich fürchterlich quälte, bis er einen Satz zu Papier gebracht hatte. Jetzt ist er ein großes Licht und staubt an jeder Straßenecke einen Literaturpreis ab."

„Mir scheint, die im Westen sind leicht plemplem. Man muß ihnen nur erzählen, man sei zum Tode verurteilt, und schon fühlen sie sich schuldig."

„Zum Tode verurteilt? Was soll das heißen, zum Tode verurteilt? Die armen Teufel, die auf der Landstraße, im Douar, unter den Augen ihrer Kinder abgeschlachtet werden, waren die vielleicht zum Tode verurteilt?"

*„Astaghfirou Llah!**" seufzt Scheich Alem mit eingezogenem Hals.

„Hört mal zu, Leute!" schimpft Baha Salah und deutet mit ausladendem Gestus auf die Berge von Lebensmitteln. „Wir sind zwar hier, um einen drauf zu machen, aber man soll's nicht übertreiben. Vergeßt jetzt bitte mal diese Hunde!"

„Und wenn sie noch so kläffen, die Karawane zieht auf alle Fälle weiter", ergänzt Haraj.

In spontaner Choreographie greifen Arme nach Schüsseln, verwandeln Münder sich in dunkle Löcher, ergießt sich eine Symphonie aus Gabelgeklimper und Schmatzgeräuschen in den Saal.

„Der Lachs ist unsäglich saftig", gluckst eine scharfe Maid und leckt sich wollüstig die Finger.

„Madame Rym", wirft ein blondgesträhnter Playboy ein, „Ihre Crème Anglaise ist, mit Verlaub, einfach göttlich!"

„Queen Elizabeth hat sie höchstpersönlich für mich zubereitet!"

Allgemeines Gelächter, und schon sind Doktor Bendi, die Bomben und das Elend dieser Welt wieder vergessen.

Madame Baha Salah nutzt das Stimmengewirr, um sich auf leisen Sohlen davonzustehlen.

---

* *Arabisch: „Bitte Gott um Vergebung!"*

Meine Nachbarin zur Rechten forscht unter dem Tisch nach meinem Bein.

„Essen Sie denn gar nichts, Monsieur Llob?"

„Ich denke an mein Übergewicht."

Ihre Hand tätschelt mein Knie, wandert über meinen Oberschenkel, verlustiert sich bergauf, bergab. Ihre Kühnheit trifft mich ohne jede Vorwarnung. Ihr gelassener Blick entwaffnet mich. Ich erstarre. Sie nimmt das als stillschweigende Zustimmung und setzt ihre Erkundung durch Regionen fort, die im allgemeinen tabu sind.

„Es ist zwecklos, sich weiter vorzuwagen, Madame. Mein Senkrechtstarter ist seit Urzeiten eingerostet."

„Ich bin sehr fingerfertig, wissen Sie? Ich krieg das im Handumdrehen wieder hin."

„Gewiß, aber es besteht keine Notwendigkeit."

Sie zieht ihre Hand zurück, holt sie wieder nach oben, auf den Tisch. Noch immer lächelnd sieht sie mich lange an und gesteht mir zuletzt: „Sie sind verteufelt sexy."

„Sieht nur so aus, meine Liebe. In Wahrheit halte ich's mit der Melone: je mehr Bauch, desto weniger Stiel."

Damit werfe ich das Handtuch und stehe auf. „Sie nehmen's mir doch nicht übel, Madame?"

Madame zwinkert mir zu. Fair play.

Dine läuft mir schimpfend nach: „Du bist wirklich unmöglich. Was ist denn jetzt schon wieder? Kannst du nicht mal eine Sekunde lang stillsitzen?"

„Ich will nach Hause."

„Verdammt, ich bin gerade dabei, ein Geschäft einzufädeln."

„Laß dich nicht stören. Ich nehme ein Taxi."

„Kommt nicht in Frage. Wir sind zusammen hergekommen, wir werden zusammen wieder gehen. Bitte sei kein Spielverderber, verdammt! Bei dir zu Hause bläst du doch nur wieder Trübsal. Laß mir wenigstens noch ein Stündchen."

„Eine halbe Stunde, Dine. Ich halt's keine Minute länger hier aus."

„Okay."

„Gibt's hier denn keine Ecke, in die ich mich solange verkriechen könnte? Der Anblick dieses goldenen Packs ist die reinste Folter für mich."

„Geh in die Bibliothek: den Gang runter, bis du in eine Halle kommst. Dann gleich links. Da kannst du dich abregen. Es gibt tolle Bücher, einen Riesenfernseher und ein Videogerät."

Ich nicke und gehe bis zur Halle vor. Links führt eine massive Polstertür in einen Saal von den Ausmaßen einer Turnhalle. Er ist vollgestopft mit Ledersofas, Silbergerätschaften und endlosen Regalen voller Bücher. Ich zünde mir eine Zigarette an und halte Ausschau nach einem interessanten Schriftsteller. Als ich mich gerade für Nagib Machfus entscheide, höre ich ein Stöhnen. Ich drehe mich um. Der Raum ist leer. Ein zweites Stöhnen lenkt mich zu einer hinter der Hausbar versteckten Tür. Ich gehe näher heran, werfe einen Blick durch den offenen Türspalt und sehe jemanden in einem Sessel sitzen, die Arme auf den Polsterlehnen, die Beine ausgestreckt: Es ist Doktor Bendi, der Madame Baha Salah eine prachtvolle Erektion darbietet. Sie legt ihm zu Füßen einen frenetischen Striptease hin und verpaßt ihm dabei eine Fellatio, bei der einem Hören und Sehen vergeht.

Jetzt reicht's mir wirklich.

7

„Bist du neidisch, weil's für mich so gut läuft, oder was?" knurrt Dine, der wie ein Irrer fährt. „Ich stand kurz davor, das Geschäft meines Lebens unter Dach und Fach zu bringen."

Ich lasse ihn wettern, soviel er will. Meinen Gedanken kommt mein Überdruß gerade recht, um den Abgrund zu vertiefen, in dessen Sog ich bin. Ich verspüre keinerlei Bedürfnis, mich noch irgendwo anzuklammern, schlimmer noch: Ich lasse mich fallen, widerstandslos, mit einer Art innerem Frieden, der bewirkt, daß die Dinge dieses Lebens mich nur noch anwidern. Was hatte ich bloß bei Madame Rym verloren? Was sollte diese primitive, skandalös dämliche Maskerade? Muß ich mich definitiv damit abfinden, daß nichts, absolut nichts, dem Mammon widersteht, daß alles, absolut alles, käuflich ist?

Ich bin zutiefst verstört.

Jetzt habe ich schon die dritte Zigarette in knapp fünfzehn Minuten intus und bin noch immer nicht hinreichend betäubt.

Dine brettert an einem Stopschild vorbei und läßt in einer scharfen Kurve die Reifen quietschen. Er ist außer sich. Seine Faust trommelt aufs Lenkrad, malträtiert den Schaltknüppel. Ich find's nicht besonders amüsant. In einer Biegung kommt der Wagen wegen eines Schlaglochs ins Schleudern, und es wirft mich gegen die Scheibe. Dine bemerkt nichts von alledem. Er hat an meinem überstürzten Aufbruch aus der Villa von Algiers schönster Witwe zu knapsen und reagiert seinen Zorn mit durchgedrücktem Gaspedal ab.

„Mein Lieber, wenn du weiter so muffig dreinblickst, wirst du dein Schicksal kaum freundlicher stimmen!" schimpft er. „Sieh zu, daß sich ein Schönheitschirurg deiner Visage annimmt. Du bist schlicht zum Verzweifeln."

Verzweifelt, das dürfte es treffen. Verzweifelt darüber, zusehen zu müssen, wie meine Welt sich im Hauch der Chimären auflöst; verzweifelt, im fortgeschrittenen Alter feststellen zu müssen, daß nichts blieb von den Hoffnungen, die ich hartnäckig nährte, die mein Bollwerk waren gegen alle Anfeindungen, gegen den barbarischen Ansturm der Opportunisten und Arrivisten. Ach, Dine, wo sind sie hin, die unbeschwerten Jahre, in denen du dir täglich was Neues ausdachtest, um bis zum Monatsende über die Runden zu kommen? Was ist aus dem tollen Burschen geworden, dessen Hungerlohn seinen aufrechten Gang nicht anzufechten vermochte? Dabei gab es vieles, bei dem man schwach werden konnte. Es war so leicht, es wie alle zu machen, sich ein Plätzchen an der Sonne zu sichern, jemandes Einfluß zu nutzen, um eine fette Rente zu ergattern, die in Reichweite aller Geldbeutel war. So verrottet war das Land, daß es schon zum Himmel stank. Doch manch einer mochte nicht dem Schwur der Gerechten entsagen, wollte seine Prinzipien nicht für trügerische Privilegien verhökern. Manch einer hat seine Ehre höher als den Reichtum gehalten, hat sich im trübsten Tümpel nicht in den Schlamm ziehen lassen.

Meine vierte Zigarette schickt mich auf Reisen, 27 Jahre zurück, in ein kleines Kommissariat in El Hamri, einem Armeleuteviertel von Oran. Eines Morgens im April war ich dort aufgetaucht, in der einen Hand mein Köfferchen, in der anderen ein Dokument. Es regnete Bindfäden an jenem Tag, der Himmel entlud seine Wut. Ich war fremd in einer fremden Stadt. Und dann war da plötzlich dieser joviale Typ hinter seinem altersschwachen Schreibtisch. Der beim Reden nicht anders konnte als jeden Satz mit lautem Gelächter zu beenden. Sein Lächeln heiterte das Gewitter auf, das draußen tobte. Er hieß Dine. Wir wurden Freunde vom ersten Handschlag an und sind es jahrelang geblieben, trotz der Wechselfälle dieses Hundelebens, das sich Laufbahn nennt. Doch offensichtlich gibt es solide Fassaden, die plötzlich, bei der geringsten Berührung, einstürzen.

Wir sind vor dem Haus angelangt, in dem ich wohne. Die Straße ist ausgestorben. Die paar klapperdürren Laternen, die sich am Straßenrand reihen, sehen wie bettelnde Gespenster aus. Bleiches Licht hüllt ihren Kopf in einen verblüffenden Heiligenschein. Vorbei die schöne Zeit von einst. Verschwunden die jungen Tunichtgute, die sich einst lärmend in den Torfluchten trafen. Die Händler machen mit Einbruch der Nacht die Läden dicht. Dann treibt sich hier nur noch der Wind herum, die Hunde streunen, die Unsicherheit lauert der Straße auf.

„Nun gib dir mal 'nen Ruck!“ brummt Dine. „Im Leben muß du dich entscheiden: Entweder du steigst aus oder du gibst Vollgas und ziehst an den anderen vorbei.“

„Was glaubst du, wieviel das ausmacht, siebenundzwanzig Jahre Freundschaft – abzüglich der Steuern?“

Meine tonlose Stimme überrumpelt ihn, haut ihn regelrecht um. Er läßt das Lenkrad los, weicht bis zur Tür zurück, sieht mir schließlich ins Gesicht. Sein Schnauzer bebt. „Wie bitte?“

„Was für ein Spiel spielst du?“ Ich setze ihm den Zeigefinger auf die Brust. Er begreift zwar nicht, aber er merkt, daß da irgendwas faul ist.

„Was soll der Quatsch, Brahim?“

„Was für ein Spiel spielst du?“

Er schluckt. „Ich kann dir nicht folgen.“

„Wie auch, wo ich's doch bin, der dir ständig wie ein kleiner Hund nachläuft.“

Er blickt vor sich hin, bekundet vages Interesse für eine Katze, die gerade einem Müllsack ans Eingemachte geht. Er versucht, seinen Atem unter Kontrolle zu bekommen, seine Gedanken in den Griff. Dann endlich wendet er sich mir zu. Doch diesmal folgen seine Augen nicht.

„Bist du sicher, daß alles okay ist?“ stammelt er.

„Absolut sicher. Aber ich glaube nicht, daß was Vernünftiges dabei herauskommt.“

„Olala, du lavierst hart am Rande des Wahnsinns, wenn du meine Meinung hören willst.“

Mit gespreizten Fingern bitte ich ihn, nicht vorzugreifen.

„Hör zu, Dine. Stimmt, ich habe heftig eins über die Rübe gekriegt, aber deshalb mußt du noch lange nicht meinen, ich hätte den Verstand verloren, das ist gar nicht nett … Zunächst einmal: Du bist bei mir aufgekreuzt und schleppst mich, ohne Widerspruch zu dulden, in das nobelste Lokal der Stadt. Und ganz zufällig sitzt Madame Rym am Nebentisch."

„Reiner Zufall."

„Na schön. Als nächstes fährst du heute abend schnurstracks bis zu ihrem Haus, ohne nur einmal zu zögern oder nach dem Weg zu fragen."

„Ich habe sie heute im Lauf des Tages angerufen, um mir den Weg beschreiben zu lassen."

„Angerufen?"

„Sie ist doch keine Außerirdische. Ihre Nummer steht im Telefonbuch."

Ich nicke, völlig entspannt.

„Bis hierher ziehst du dich nicht schlecht aus der Affäre. Sehen wir mal, ob du auf alles eine Antwort hast … Du willst mir zu verstehen geben, daß du vorher noch nie einen Fuß über ihre Schwelle gesetzt hast?"

Irritiert setzt er seinen Suchkopf in Bewegung, um eine Schwachstelle in seinen Plänen zu orten. Seine Brauen ziehen sich zusammen. Als er nichts Kompromittierendes finden kann, schaut er mir wieder offen ins Gesicht, mit einer gewissen Aggressivität. „Genau."

„Du hast also vor heute abend noch nie einen Fuß über ihre Schwelle gesetzt?"

Erneut trübt der Zweifel seine Züge, doch schnell faßt er sich wieder und beteuert: „Noch nie!"

„Dann erklär mir doch bitte, woher du wissen konntest, daß sich die Bibliothek am Ende vom Gang befindet, in der Halle links, mit tollen Büchern, einem Riesenfernseher und einem Videogerät drin!“ Ein Detail nur, ein winziges, albernes, belangloses Detail…

Dine wird aschfahl. Als wäre er von eben auf jetzt völlig verdorrt. Sein Mund zittert, unfähig, auch nur ein Wort zu artikulieren, sein Adamsapfel bleibt ihm wortwörtlich im Hals stecken.

Mit Daumen und Zeigefinger mache ich „paff!“ und steige aus. Ich bin schon im dritten Stock angelangt, als ich ihn anfahren höre.

* * *

Jemand hat mir einen Besuch abgestattet, während ich bei Madame Rym war. Er hat vergessen, hinter sich das Licht auszumachen. In meinem Wohnzimmer herrscht Chaos: Die Sessel sind umgestürzt, die Lampenschirme zerfetzt, der Teppich umgedreht. Mein klappriger Bücherschrank liegt am Boden, die Bücher sind übel zugerichtet, die Papiere aus den Schubladen überall verstreut. Im Schlafzimmer hat jemand ins Bett gepinkelt und Schweinekram an die Wände gekritzelt. Mit Lippenstift hat man eine zweisprachige Nachricht hinterlassen: Auf Arabisch fordert man mich auf, Verbindung mit dem nächsten Totengräber aufzunehmen; auf Französisch beschimpft man mich als Hurensohn und üble Brut.

Während ich noch die Schäden sichte, taucht ein Schatten in meiner Diele auf. Ich ziehe mein Schießrohr und spurte in den Korridor, den Finger am Abzug.

„Nicht schießen, Onkel Brahim.“

Es ist Fouroulou, der halbwüchsige Sohn einer Witwe aus dem sechsten Stock. Er hebt die Hände hoch, leichenblaß, zu Tode erschreckt von meinem Schießeisen.

„Für gewöhnlich klopft man, ehe man eintritt. Ich hätte dich umlegen können.“

Er nickt zustimmend und läßt die Arme wieder sinken.

Fouroulou ist eine Art Hans-Dampf-in-allen-Gassen. Es heißt, er schlafe nie. Ist erst siebzehn und schon ziemlich verbittert. Zu alt für die Schule, zu jung für eine feste Anstellung, zu allen Schandtaten bereit. Früher schaute er regelmäßig bei uns vorbei, um meinem Jüngsten lukrative Gelegenheitsjobs anzutragen, wie zum Beispiel den Handel mit Klamotten aus Marseille. In letzter Zeit hat er sich auf Zigaretten verlegt. Als fliegender Händler. Er betreibt an der Straßenecke einen zum Kleinkiosk umgebauten Schubkarren. Von früh bis spät klebt er auf seinem Hocker, mit ewig dudelndem Kassettenrekorder, macht die Mädels an und gewährt den Arbeitslosen aus der Siedlung großmütig Kredit.

Ich schiebe meine Pistole wieder ins Koppel.

„Hast du sie gesehen?"

Er fährt sich mit den Fingern durch seinen Karottenschopf und nickt.

„Wie spät war's denn?"

„Hmm ..."

Ich schließe erst einmal die Tür ab, damit uns keiner stören kommt und biete ihm einen Küchenstuhl an. Er schenkt sich ein Glas Wasser ein, leert es in einem Zug aus und wischt sich mit dem Handgelenk über den Mund. Er wirkt verstört. Ich warte, bis er sich gefangen hat, ehe ich zu fragen beginne:

„Wie viele waren es denn?"

„Vier ..., drei waren in der Wohnung, der vierte hat unten an der Treppe Wache geschoben."

„Und wo warst du?"

„Im fünften Stock. Ich habe meine Einnahmen gezählt. Sie waren zu Fuß, ich habe weder beim Kommen noch beim Gehen ein Auto gehört. Die Typen haben nicht lange auf dem Treppenabsatz rumgemacht. Sie hatten alle Schlüssel. Ich wollte erst die Nachbarn alarmieren, aber sie waren bewaffnet."

„Kannst du sie mir beschreiben?"

„Sie waren verkleidet..."

„Wie denn?"

„Riesige Nasen, geschwungene Schnauzbärte, aufgeklebte Augenbrauen und Baskenmützen. Einer von ihnen hat kurz seine Perücke angehoben, um sich am Kopf zu kratzen. Die reinsten Kleiderschränke. Der Schwächste hätte noch immer locker hundert Kilo und mehr auf die Waage gebracht. Sie sind gut zehn Minuten drinnen geblieben und dann mit einem Einkaufskorb wieder rausgekommen. Sie hatten es kein bißchen eilig."

„Haben sie irgend etwas geredet?"

„Eigentlich kaum."

„Und was für Waffen hatten sie?"

„Ge..."

Er stockt, hat Mühe zu schlucken, gießt sich noch ein Glas Wasser ein und kippt es hinunter. Er schwitzt. Der Schweiß rinnt ihm von den Schläfen die Wangen hinunter und läuft am Kinn, welches lang ist und spitz, quasi trichterförmig, wieder zusammen.

„Ich kann sie nicht identifizieren, Onkel Brahim. Kenn mich nicht aus mit Waffen."

„Macht nichts."

Sein Gesicht, das von Sommersprossen übersät ist, läuft feuerrot an. Er springt fast auf, während er spricht: „Wenn ich ein Schießeisen dabei gehabt hätte, dann hätte ich sie garantiert durchlöchert. Ich habe mich so geschämt, tatenlos rumsitzen zu müssen, während die alles kaputtgemacht haben. Ich habe nicht mal ein Telefon, sonst hätte ich die Polizei gerufen."

Ich tätschele ihm die Wange zum Beweis, daß ich ihm das wirklich nicht übelnehme.

„Du hast dir nichts vorzuwerfen, mein Junge. Diese Typen, das waren keine gewöhnlichen Taschendiebe. Die lassen sich von keiner Polizeisirene in die Flucht schlagen. Das waren Killer. Eiskalte Tötungsmaschinen, die jeden umlegen, ohne Rücksicht auf Alter oder Geschlecht. Die hätten nicht gezögert, dir den Schädel zu spalten, wenn du dich hättest blicken lassen. Du hast dich klug verhalten, ich kann dir nur gratulieren. Und jetzt hoch zu deiner Mutter. Und zu keinem ein Wort."

„Ich bin ihnen nach, weißt du?" Er läßt nicht locker, als schaffte er es nicht, sich von seinem Schuldgefühl zu befreien. „Hinter der Fußgängerbrücke hat ein Lieferwagen auf sie gewartet. Ein Renault J-5. Beige. Ich habe mir die Nummer notiert."

Der polizeiliche Erkennungsdienst rückt in aller Herrgottsfrühe in meiner Bude an. Ich habe nichts angerührt. Um sie nicht zu behindern, verziehe ich mich in die Küche und tue so, als gäbe es mich nicht.

Lino kommt mit hängenden Mundwinkeln zu mir rüber. Meine Pechsträhne geht ihm derart nah, daß er nicht weiß, wie er die Sache anpacken soll. Er fürchtet meine Reaktion. Er setzt sich verkehrt herum auf einen Stuhl, stützt das Kinn auf die Lehne und versucht sich darin, meinen Blick zu bändigen.

Ich spüre seinen Kummer. Kein Zweifel, er leidet unter meiner Amtsenthebung, als wäre es eine Amputation.

Wieviele Jahre sind wir jetzt zusammen? Zehn, zwölf? Wieviel Leid haben wir schon geteilt, und wieviel Freud?

Er hat sich an mein Gebrüll gewöhnt, an meine Sprunghaftigkeit, meine Sprüche und mein Temperament, das Temperament eines Mannes, der frustriert ist, der nicht immer vernünftig handelt, aber immer aufrecht und unbeugsam. Gewiß, ich habe ihn automatisch zum Prügelknaben gemacht, habe ihm jedesmal, wenn mir die Dinge entglitten, die Schuld in die Schuhe geschoben; gewiß, ich habe ihn immer als kleinen Fisch behandelt und ihm jedes Verdienst aberkannt, aus dem einfachen Grund, weil man meine Verdienste auch ignorierte, doch ich bin ihm von Herzen zugetan, und das weiß er.

Die Kluft, die seine Generation von meiner trennt, die ewigen Konflikte, die sich daraus ergaben, meine ländliche Erziehung, die seinem coolen Charakter zuwiderlief, dem Charakter des Städters, der mit dem Nuckelfläschchen aufwuchs: All die Unvereinbarkeiten in Mentalität und Laune brachten uns letztlich, statt uns zu entzweien, einander nah, so nah, daß wir fast miteinander verschmolzen. Klar, ich war sein Chef, aber zuallererst war ich sein Kumpel, sein alter „Kommy", mit allem, was dazugehört an Vertrautheit und Intimität, und mein schwieriger Charakter rührte ihn mehr, als daß er ihn störte.

Es gibt Geschichten von Männern, die sind schlicht legendär. Die unsere ist von legendärer Schlichtheit. Es ist die Geschichte einer Freundschaft im Rohzustand, die so starrköpfig wie die Liebe ist, so solidarisch wie die Komplizenschaft; ein zartes Band, um einen kräftigen Schaft aus Solidarität geschlungen, das sich bei heftigem Gegenwind wie eine Standarte am Himmel entrollt. Ich schwör's, man kommt über die schlimmsten Tiefschläge hinweg, sobald man sie über den Köpfen knattern hört.

Wenn ich mich nächtens dabei ertappe, wie ich mein Hundeleben an mir vorbeiziehen lasse, in der heimtückischen Stille der Nacht, wenn ich so gar nichts finde, mit dem ich zufrieden sein könnte, wenn ich nicht anders kann, als mir das Ausmaß meiner Irrtümer und Fehler einzugestehen – ich, der ich stets Meister in der Kunst des Verkomplizierens war –, dann kann ich zu meiner Ehrenrettung weiter nichts als diese Freundschaft anführen, die mich vor dem Allerschlimmsten bewahrt.

„Hast du eine Ahnung, wer deine Poltergeister sein könnten?"

Ich verziehe den Mund. „Ahnungen habe ich jede Menge."

„Vielleicht waren es auch bloß Einbrecher ..."

„Bis zu den Zähnen bewaffnet?"

„Das ist heute so Mode."

Ich schüttle den Kopf: „Das waren keine Diebe."

„Dann wollten sie dich also umlegen."

„Die wußten, daß ich nicht zu Hause war."

Er schiebt den Unterkiefer hin und her, das ist ihm alles zu hoch. „Was haben sie denn mitgehen lassen?"

„Ein Manuskript, an dem ich gerade gesessen habe."

„*Magog*?"

„Unter anderem. Außerdem mein Diensttagebuch und zwei Kladden mit Notizen, dazu Fotos von meiner Familie und ein paar Zeitungsrezensionen, die ich ausgeschnitten und gesammelt habe ..."

„Wie sieht's mit Schmuck aus?"

„Mina hatte ja schon alles mitgenommen."

„Kohle?"

„Ja, meine Ersparnisse. Unwesentlich. Mehr, um uns auf eine falsche Fährte zu locken, als um einen Reibach zu machen. Hast du die obszönen Schmierereien an den Wänden gesehen?"

„Ich habe den Fotografen angewiesen, Aufnahmen zu machen. Die Botschaft ist nicht signiert. Was meinst du, stammt das von einem Emir*?"

„Schon möglich. Ich störe, ich bringe die Kacke zum Dampfen. Das kann echt jeder gewesen sein: die Mafia, die Politiker, die Fundamentalisten, die Nutznießer der Revolution, die Tempelwächter mitsamt den Verfechtern der nationalen Identität, die meinen, das einzige Mittel, die arabische Sprache zu befördern, bestünde darin, alles kaputtzumachen, was Fran-

* *So werden in Algerien die Anführer der Islamistengruppen genannt.*

zösisch spricht. Ich bin Schriftsteller, und als Schriftsteller, Lino, bist du fast jedermanns Feind."

Lino steht auf, durchmißt mit langen Schritten den Raum, die Stirn in tiefe Falten gelegt, schlägt mit der geballten Faust unablässig gegen die flache Hand.

„Verflucht und zugenäht! In welchem Land leben wir eigentlich?"

„Die Frage stellt sich nicht."

Da kommt ein Polizist und teilt uns mit, daß der beige Renault J-5 in Hafennähe aufgefunden worden ist. Unbemannt. Ich nicke ihm dankend zu. Er grüßt unbeholfen und zieht ab.

„Ewegh* ist gar nicht da!" bemerke ich.

„Der ist unten geblieben."

„Und wieso?"

„Was weiß ich? Der ist aus Granit. In den schaut keiner rein. Wenn du meine Meinung wissen willst, die Art, wie sie dich verabschiedet haben, ist ihm übel aufgestoßen. Er redet zwar nicht drüber, aber seit er Wind von deiner Entlassung gekriegt hat, ist er irgendwie seltsam."

8

Hadi Salem hat mich zu sich ins Büro bestellt. Ich bin nicht gerade an die Decke gesprungen. Er ist exakt von der Sorte, der man am frühen Morgen gerne aus dem Wege geht, wenn man noch was vom Tag haben will. Aber er kann sich rühmen, ein dicker Freund von Slimane Houbel aus der Délégation zu sein.

Er hat sein Sultanat am Ende der Rue des Trois-Horloges installiert, im letzten Stockwerk eines finsteren Gebäudes ganz

---

* *Stößt in „Doppelweiß" zu Llobs Team, Angehöriger des Volks der Tuareg*

in der Nähe eines wimmelnden Souks. Da der Aufzug den Honoratioren vorbehalten ist, nehme ich ohne zu murren die hundertzehn Stufen bis zum Schafott auf mich.

Auf dem Gang stellt sich mir eine Art Gefängniswärterin mit Hijab* und Brüsten groß wie Airbags in den Weg, kontrolliert meine Papiere und schiebt mich unsanft bis zum Chef des Sekretariats vor sich her. Der verstaut, als er mich kommen sieht, flugs etwas in seiner Schublade. Erst als er merkt, daß mein verschlissener Anzug nicht eben der Kleiderordnung der hohen Tiere entspricht, kehrt wieder Frieden in sein Habichtsgesicht ein. Mit einem Fingerzeig verabschiedet er meine Wärterin und weist mir einen Platz auf einem Metallstuhl an, der speziell für zufällig des Weges kommende Underdogs dasteht.

„Sie haben sich verspätet, Monsieur Llob."

„Wie die ganze Nation."

Er findet meinen Vergleich nicht sehr komisch und macht sich daran, in ein Heft zu kritzeln, um mir weiszumachen, hier werde schwer geschuftet.

Ich greife nach meinen Zigaretten. Sofort zeigt er auf ein Rauchverbotsschild. Ich füge mich und verschiebe die Luftverschmutzung auf später.

Der gute Mann hört auf zu kritzeln und lehnt sich zurück, um sein Geschreibsel in Augenschein zu nehmen. Zufrieden beugt er sich wieder vor und versenkt sich erneut in seine Hieroglyphen, wobei er bei jedem Großbuchstaben die Zunge in den Mundwinkel klemmt.

Allmählich wird mir die Zeit lang. Ich wende meine Aufmerksamkeit den Möbeln zu. In der Ecke ein Tresor, ein durchgesessenes Sofa neben einer vorhanglosen Fenstertür, ein chine-

---

* *Arabisch: „Schleier, Kopfbedeckung". – Das traditionelle Gewand der iranischen Frauen hat in den letzten Jahren durch die Islamisten als Ausdruck starker Religiosität auch Einzug in Algerien gehalten, wo es im Gegensatz zur Vielfalt der regionalen Trachten steht.*

sischer Aschenbecher auf einem Beistelltisch und an der Wand – vermutlich ein Familienporträt –, ein angestaubtes Stilleben mit Birnenkorb.

„Hat Monsieur Salem Besuch?"

Ohne den Kopf zu heben, deutet er mit der Bleistiftspitze auf die Wanduhr. Es ist dreizehn Uhr dreißig.

„Ach, er ist noch nicht da?"

Sein Stift schwenkt herum und weist mich auf ein rotes Lämpchen links über der Polstertür hin.

„Würd's Ihnen was ausmachen, mir ein Licht aufgehen zu lassen?"

„Es ist die Stunde des *Dohr*, Monsieur Llob. Monsieur Salem verrichtet sein Gebet."

Meine Zudringlichkeit hat seinen Inspirationsfluß gehemmt. Er liest seinen Text, findet nicht mehr in den alten Schwung zurück, reißt das Blatt heraus, zerknüllt es und befördert es in einen überraschend leeren Papierkorb.

Feindseliges Schweigen macht sich zwischen uns breit. Zwei Minuten später fällt ihm seine Schublade wieder ein, er holt eine Tasse Kaffee daraus hervor, stellt sie vor sich hin und entdeckt eine kleine Küchenschabe in der braunen Brühe. Gelassen taucht er einen Finger zur Rettung des Tierchens hinein und schnipst es kraftvoll einmal quer durch den Raum.

Das Licht wechselt von Rot auf Grün. Ohne die geringste Eile an den Tag zu legen, drückt der Sekretär auf einen Knopf und kündigt mich an.

„Lassen Sie ihn herein."

Hadi Salem sitzt im Schneidersitz auf seiner Gebetsmatte, ähnlich einem Frosch auf seinem seegrünen Blatt. Er hat alles so inszeniert, daß ich ihn mitten in seiner falschfrommen Gymnastik überrasche. Aber mich bewegt allein die Frage, wie er es angestellt hat, zu seinem Schreibtisch zu kommen, das Licht auf Grün umzuschalten und ins Interphon zu sprechen, ohne sich aus seiner Rumpfbeuge zu erheben. Ich muß mich gedulden, bis er mit seinem Gemurmel fertig ist.

„Ich werde dir die Nase langziehen, bis deine Ohren im Kopf verschwunden sind!" ruft er beim Aufstehen.

Und schon springt er mich an, um mich demonstrativ zu umarmen. „Du Oberschlawiner!" jubelt er. „Immer muß er seinen Rüssel in Dinge stecken, die ihn nichts angehen! Unverbesserlicher Dreckskerl von Aufrührer, du! Eine Zwangsjacke allein reicht nicht aus, dich zu zähmen."

Er schiebt mich von sich weg, um mich zu betrachten, zieht mich wieder an seine Catcherbrust und sabbert mir das Gesicht voll. Ich fühle mich wie im Auge des Orkans.

Schnell hat ihn seine Warmherzigkeit erschöpft. Mit größter Behutsamkeit verstaut er mich in einem Sessel und geht einen Schritt zurück, die Fäuste in die Hüften gestemmt. Als ob er es nicht fassen könnte! Er bleibt vor mir stehen, froh und gerührt, mich bei sich zu haben, vor seinen Augen, in Fleisch und Blut – er, der die miesesten Berichte über mich verfaßt hat, er, der meinen Direktor bedrängt hat, mir das Rückgrat zu brechen, er, der keine Sekunde gezögert hat, den Daumen nach unten zu richten, wenn ich mal wieder hilflos am Boden lag und alle Viere von mir streckte.

„Heiliger Hurensohn einer verdammten Nutte! Du ahnst nicht, wie froh ich bin, dich wiederzusehen. Ist schon eine Weile her, stimmt's?"

Salem und ich sind vom selben Examensjahrgang. Wir haben 1963 zusammen den Fortbildungskurs für Ermittler besucht. Er ist überall durchgefallen und wurde in die Verwaltung versetzt. Er war jahrelang fürs Sozialwesen der Truppe zuständig und hat, sowohl für sich selbst wie für seine Chefs, in allen Städten Paläste errichtet. Er hatte von Anfang an kapiert, wo's langging. Algerien war in zwei Freihandelszonen aufgeteilt. Hier das Revier der Intriganten, der Schleimscheißer und

Roßtäuscher, dort das der Erleuchteten, der Sauertöpfe und Kinderfresser. Er hat sein Lager gewählt und nie Grund zur Klage gehabt. Während ich Verbrechern nachstellte, ging er in trüben Gewässern fischen. Und in Ermangelung jeder Kompetenz – der Mutter aller Scherereien –, übte er sich nicht ohne Erfolg im Fälschen von Rechnungen und in Korruption. Resultat: Er ist steinreich, hat eine Abteilung unter sich, deren Arm weit in die Délégation hineinreicht, und der Schrott, der aus seinem Munde kommt, steht im Rang eines unanfechtbaren Prophetenworts.

Er setzt sich mit halbem Hintern auf die Schreibtischkante, verschränkt die Finger überm Knie und fährt fort, mich anzuhimmeln: „Der gute alte Brahim! So ein sturer Bock! Was muß man nicht alles in Bewegung setzen, um ihn endlich einmal zwischen die Finger zu kriegen! Du hast dich kein Jota geändert, du Mistkerl! Erinnerst du dich noch an unseren Fortbildungskurs im Ausbildungszentrum von Soumaa? A propos, was wohl aus dieser Putzfrau geworden ist, die wir uns von früh bis spät streitig machten? Wie hieß sie doch gleich? Wardia? Du erinnerst dich doch noch an ihr Fahrgestell? Verdammt, bei der habe ich nicht einen Groschen beiseitelegen können." Er lacht polternd. „Und Kada, der Brigadier? Bei Gott, den hast du vielleicht an der Nase rumgeführt! Du hättest ihn fast in die Klapsmühle gebracht ..."

Plötzlich wird sein Teint fahl.

„Du warst ein richtiger Scherzkeks, Brahim. Einsame Spitze. Was ist bloß in deinem Kopf passiert, daß du dich um 180 Grad gewendet hast?"

„Das kommt vom Wind, Hadi, alles nur vom Wind."

„Der Wind dreht sich, und die Wetterhähne auch."

„Nicht der Wind der Reden und Parolen."

Seine Finger lösen sich, kriechen über seinen Schenkel. Seine Miene verdüstert sich.

„Brahim, wir sind doch Freunde, oder nicht?“

„Wenn du das so siehst.“

„Ganz recht, das seh ich so. Mein Blick ist scharf. Er reicht weiter als deine Schnodderschnauze, mit der du dir nur Ärger einhandelst. Es ist der Blick eines Mannes, der sich auskennt, der weiß, woher er kommt, wohin er geht, was er selbst will und was er besser anderen überläßt, was er kann und was nicht. Du dagegen, du rast mit Volldampf auf den Abgrund zu, mit Scheuklappen, die sich vor lauter dummer Gedankenlosigkeit ganz verhärtet haben ... Es schmerzt mich zu sehen, was dir widerfährt. Noch hast du dir nicht alles Wohlwollen verscherzt: ich wäre untröstlich, wenn die Polizei ein Element deiner Güte einbüßen müßte. Das wäre Verschwendung, Brahim, eine gigantische Verschwendung.“

Ich höre zu.

„Vor drei Tagen hatte ich eine Unterredung mit Slimane Houbel. Der hat die Krise gekriegt, als ich nur deinen Namen erwähnte. Ehrlich gestanden, ich finde, du bist mit deinem beschissenen Buch einfach zu weit gegangen. Es ist von bestürzender Unüberlegtheit. Ich sage nicht, daß du kein Talent hast. Im Gegenteil, deine Feder müßte man mit Gold aufwiegen ...“

„Und wieviel wiegt eine Feder?“

„Laß uns bitte beim Thema bleiben! Ich bemühe mich gerade, das, was du verbockt hast, wieder zurechtzubiegen. Versuch, dich nicht undankbar zu erweisen. Ich habe zwei gräßlich lange Stunden gebraucht, um Slimane zu überzeugen. Ich hätte weniger lange gebraucht, einen Mullah zur Vernunft zu bringen, das weißt du. Den jüngsten Informationen zufolge wurde dein Pensionierungsschreiben zurückgehalten. Ohne Wissen des großen Manitu. Wir sind ein wahnwitziges Risiko eingegangen. Enttäusch uns jetzt nicht.“

Als er sieht, daß ich nicht gerade begeistert bin, fährt er fort: „Wenn alles gut geht, nimmst du noch vor Monatsende den Dienst wieder auf. Deine Männer sind völlig demoralisiert. Dein Leutnant hat seine Versetzung beantragt. Ich habe einen Kommissar in die Zentrale abgeordnet. Da geht es zu wie im Sterbehaus. Sogar dein Direktor hat um eine Audienz ersucht, damit du wieder zurückkommst."

Ich bitte um Erlaubnis zu rauchen.

Er bewilligt es mir.

„Bin tief gerührt", sage ich, während ich ihm den Rauch ins Gesicht blase. „Im Gegenzug muß ich jetzt Wohlverhalten an den Tag legen, nehme ich an."

Er kommt hinter seinem Schreibtisch hervor. Ein entscheidender Augenblick. Er verschränkt geziert beide Hände unter seinen Lippen und richtet seinen scharfen Blick auf mich. Lastendes Schweigen macht sich breit, nur ganz leise von den Geräuschen unterlegt, die gedämpft vom Souk hochdringen.

„Bevor du mir antwortest, nimm dir Zeit und denk nach. So sensibel und impulsiv wie du bist, ziehe ich es vor, zur Not eine ganze Woche auf deine Antwort zu warten. Um Himmels willen, Brahim, sag bloß nicht sofort etwas. Nimm alles in dich auf und gehe nach Hause, denk drüber nach. Laß es gut sein für heute."

„Ich bin bereit."

Er atmet tief durch, tupft sich nervös den Schweiß mit einem Taschentuch ab. Man könnte meinen, seine Karriere, sein Vermögen, sein ganzes Schicksal hingen von meiner Entscheidung ab.

„Du mußt öffentlich anerkennen, daß du dich geirrt hast, daß dein Buch eine unglückselige Unternehmung war, Ausfluß einer schwierigen Phase... Ich bitte dich, sag jetzt nichts. Das ist doch alles halb so schlimm. Man verlangt doch nichts Unmögliches von dir. Eine kurze Erklärung für die Presse, ohne großes Tamtam. Wenn du willst, kannst du auch ins Fernsehen. Noureddine Boudali ist bereit, dich in seiner Sendung zu begrüßen. Das ist ein Profi, der richtet dir alles nach Wunsch. Es reichen schon zwei Worte, Brahim, zwei elende Worte: *Ich bedaure...*"

Diesmal ist das Schweigen total. Fast kann man das Blut in Hadis Schläfen pochen hören. Selbst die Geräusche vom Souk sind verstummt. Hadi Salem schwimmt in seinem Schweiß. Sein Taschentuch ist triefnaß.

Ich drücke meine Zigarette im Aschenbecher aus und stehe auf. Hadi Salem klebt mir an den Lippen, mit flehendem, verzweifeltem Blick.

Alles, was ich sage, ist: „*Ich bedaure* nur eines: überhaupt hierher gekommen zu sein."

Da gerät er in Bewegung. Seine Angst verwandelt sich schlagartig in Wut. Seine Pupillen, die einen Moment lang glasig wirkten, glühen auf in Haß. Er stützt sich auf den Schreibtisch, lehnt sich weit im Sessel zurück und betrachtet mich eindringlich, ehe er hervorstößt: „Wenigstens werde ich ein ruhiges Gewissen haben."

Ich brauche keine Nachhilfe, um zu begreifen, was er damit andeuten will.

* * *

Es ist ein roter Wagen mit getönten Scheiben. Und einer breiten Schramme am rechten Seitenflügel. Ich glaube, ich habe ihn heute morgen schon mal gesehen, er parkte gegenüber der Werkstatt, aus der ich meine alte Karre abgeholt habe. Mit einem Schatten drin, der sich vage bewegte. Ich habe nicht weiter darauf geachtet.

Und jetzt ist er wieder da, der Wagen, an der Ecke ist er geparkt, mit zwei Reifen auf dem Gehweg und zweien im Rinnstein.

Ich verziehe mich ins erstbeste Café.

„Kann man hier mal telefonieren?" frage ich.

„Die Post ist auf dem Platz draußen", entgegnet der Inhaber.

Er wienert wie wild den Tresen blank, direkt vor meiner Nase.

„Sind Sie krank?" fragt er mich.

„Nicht direkt."

Er sieht mich von der Seite an: „Sie sind bleich, und Ihre Hände zittern."

„Vielleicht eine Erkältung."

„Bei dieser Hitze?"

Er traut mir nicht über den Weg. Kein Wunder, bei all den Bomben Marke Eigenbau, die manch einer gern gut getarnt unterm Tresen vergißt.

Ein Hüne taucht im Türrahmen auf. Hinter seinen Rausschmeißer-Schultern verschwindet der Raum im Schatten. Im Schutz seiner Sonnenbrille wendet er den Kopf erst nach rechts, dann nach links, mustert mich eingehend und gibt dann die Tür wieder frei, wodurch sich ein ganzer Lichtschwall in den Raum ergießt.

„Was darf es sein?"

„Mineralwasser."

Ich erfrische mich unter dem immer ängstlicheren Blick des Inhabers, bezahle und setze meinen Weg fort.

Draußen wimmelt es nur so von Menschen. Der rote Wagen hat sich in Luft aufgelöst.

Zwei Tage später liegt er wieder auf der Lauer, am Boulevard Mohamed V. Gerade beschließe ich, der Geschichte ein für allemal auf den Grund zu gehen, da verschwindet er mit lautem Getöse um die nächste Kurve.

Das Spielchen dauert eine Woche an. Offensichtlich möchte man auffallen. Ein roter Wagen, immer derselbe, immer so geparkt, daß man ihn nicht übersehen kann… Man will mir

Angst einjagen. Wollte man mich umlegen, würde man es anders anstellen.

Am achten Tag kreuzt er in meinem Rückspiegel auf. Diesmal ist es zuviel. Ich fahre in eine Vorstadtsiedlung, lasse meine Karre in einem Hinterhof stehen, verschwinde in einem Hochhaus und gelange auf der gegenüberliegenden Seite durch den Notausgang wieder ins Freie. Ich umrunde zwei Wohnblocks und pirsche mich von hinten an.

Der rote Wagen steht in einer menschenleeren Seitenstraße, zweihundert Meter von meinem entfernt. Ich schleiche auf Zehenspitzen näher, immer eng an der Mauer entlang, die Hand unter der Jacke.

„Keine Bewegung!" brülle ich und reiße die Fahrertür auf, die Pistole im Anschlag.

Der Typ rührt sich nicht. Er ist über dem Lenkrad zusammengesunken, mit hängenden Armen und hervorquellenden Augen. Jemand ist mir zuvorgekommen, hat ihm den Hals umgedreht.

Am selben Abend stolpere ich, verstört vom Lauf der Ereignisse, über einen jungen Mann auf meinem Treppenabsatz. Er ist schmutzig und zerlumpt, hat ein Faunsgesicht und einen Dreitagebart. Ich habe ihn nie zuvor hier in der Umgebung gesehen. Ohne lang zu überlegen, stürze ich auf ihn und drücke ihm meine 9mm-Pistole gegen die Schläfe.

„Onkel Brahim!" schreit Fouroulou und kommt die Treppe heruntergerast. „Das ist mein Cousin. Er ist ein bißchen zurückgeblieben."

Da ist er, so will mir fast scheinen, nicht der einzige.

Ich lasse ihn laufen und verkrieche mich in meinem Bau.

9

Seit einer Stunde sitze ich schon hier und beobachte durch die Fensterfront eines Teesalons die schlafwandelnde Menschenmenge, die um die Hauptpost herum wogt, ohne auch nur ein bekanntes Gesicht zu entdecken. Die Leute kommen und gehen in heftigen Brandungswellen und merken gar nicht, daß sie einander anrempeln. In ihrem Blick, dem Blick von Schiffbrüchigen, taucht nicht die kleinste Insel auf. Die Gefahr, die ihnen schon hinter der nächsten Biegung auflauern kann, scheint sie nicht im mindesten zu beunruhigen. Letzte Woche ist hundert Meter von hier eine Autobombe hochgegangen. Die zerfetzten Körper konnte man hinterher mit der Handschaufel auflesen. Kaum waren die Feuerwehrsirenen verstummt, ging das Leben weiter, als wäre nichts passiert. Wenn der Tod erst einmal zum Alltag gehört, wird er zur Randerscheinung unter Randerscheinungen. Verdächtig wirkt allenfalls die Ruhe, die auf ihn folgt.

Mir gegenüber sitzt eine grellgeschminkte Dame und macht mir schöne Augen. Sie klammert sich an ihr Glas Zitronenlimonade, als wär's das Leben selbst, doch auf ihrem Gesicht ist eine Falte, die nicht täuscht. Diese Frau ist allein, sie sucht einen Freund. Sie spürt meine Einsamkeit, darum zeigt sie Mitgefühl.

„Hätten Sie wohl eine Zigarette für mich?"

Ehe meine Hand in der Hosentasche nachforschen kann, verläßt sie schon ihren Tisch und kommt zu mir herüber, ihr Glas wie eine Trophäe in der Faust.

„Ich warte auf jemanden", informiere ich sie.

„Wir alle warten auf jemand, wir wissen nur nicht auf wen."

Sie zieht eine Zigarette aus der Packung, die ich ihr reiche, und dreht sie zerstreut zwischen ihren knochigen Fingern hin und her. Sie lächelt, aber es ist ein trauriges Lächeln.

„Ich beobachte Sie schon seit einiger Zeit“, bekennt sie. „Um ehrlich zu sein, ich hab’s gleich gemerkt.“

„Sie mußten annehmen, daß ich Sie anmachen wollte.“

„Oh, das wäre zuviel der Ehre.“

Sie wühlt in einer armseligen Handtasche, befördert ein Wegwerffeuerzeug zutage, zündet die Zigarette an und wendet sich ab, um den Rauch auszuatmen.

„Ich bin keine Nutte.“

„Habe ich auch nicht gesagt.“

„Aber gedacht... Ich sehe zwar so aus, aber ich bin keine Prostituierte, Monsieur Llob. Ich habe einen Beruf, der dem Laster ähnlich ist. Man raucht, man schläft manchmal außer Haus, aber man geht nie auf Kundenfang.“

„Kennen wir uns?“

Sie läßt die Hand kreisen, als imitiere sie den Flug eines Schmetterlings: „Wir kannten uns mal...“

Sie betrachtet sinnierend das rotglühende Ende ihrer Zigarette. „Wir haben sogar einmal ein ganzes Wochenende lang zusammengearbeitet.“

„Sie sind von der Polizei?“

„Nicht direkt: Ich bin Journalistin..., naja, ich war es mal.“

Ich suche in ihren zerquälten Zügen nach einem Detail, das meine Erinnerung auffrischen könnte, versenke mich in ihren Blick. Nirgends in meinen Hirnwindungen stoße ich auf ihre Spur.

„Malika“, hilft sie mir auf die Sprünge, erbost über meine Gedächtnislücke.

Aber das bringt mich auch nicht voran. Ich mustere ihr verwaschenes Kleid, das auf der Schulter ungeschickt geflickt ist, ihre eingefallenen Wangen, ihren Mund, dem das Lachen längst vergangen sein dürfte, ihr rebellisches Haar, das ihr etwas Dämonisches verleiht, die Verzweiflung, die ihr aus jeder Pore strömt...

„Die Bankaffäre von 1978“, seufzt sie. „Die beiden Leichen im Tresor.“

Meine Hand schlägt kurz und heftig gegen die Stirn.

„Malika Sobhi! Wie konnte ich das nur vergessen?“

„Wie soll man sich auch erinnern bei all dem Chaos, das unseren Alltag aufmischt? Ist ja auch schon eine Ewigkeit her. Es war die Zeit der Revolutionen, der Hexenverfolgungen und der Hatz auf die Reaktionäre … Ich habe Sie trotzdem gleich erkannt“, konstatiert sie fingerschnipsend. „Stimmt, Sie sind etwas fülliger geworden, an den Schläfen etwas weiß überpudert, aber im großen und ganzen sind Sie unverändert.“

„Ich muß zugeben, ich hatte nicht denselben scharfen Blick.“

„Ist auch nicht dasselbe. Meine eigene Mutter muß zweimal hinsehen, um mich zu erkennen. Die Krankheit hat mich gezeichnet.“ Sie klopft sich mit dem Finger an den Kopf. „Zwei Depressionen, zwei Jahre unter einem Dach mit den Verrückten. Ich bin nackt durch die Straßen gelaufen. Es war hart, sehr hart … Ich habe meinen Mann bei einem Attentat verloren und den größten Teil meines Verstandes in der Vereinigung der Terrorismusopfer, in der ich noch immer aktiv bin.“

„Tut mir leid.“

„Da sind Sie der einzige, das können Sie mir glauben. Wenn Sie wüßten, wie wir behandelt werden. Sie haben mich sogar geschlagen.“ Sie schüttelt ihre Mähne über meine Arme, um mir eine Narbe am Kopf zu zeigen. „Sie haben gesagt, ich sei eine Agitatorin, Monsieur Llob. Sie haben versucht, es mir mit dem Gummiknüppel in den Schädel einzuhämmern.“

Ein Kellner mit Krawatte nähert sich, entschuldigt sich höflich bei mir, packt die Frau unsanft am Arm und sagt: „Sie stören den Herrn. Wenn Sie sich bitte wieder an Ihren Tisch setzen wollen.“

„Und Sie? Stören Sie vielleicht nicht?“ schnauze ich ihn an.

Er verhaspelt sich, schluckt krampfhaft seinen Speichel

hinunter und erklärt: „Diese Frau belästigt ständig unsere Gäste, Monsieur."

„Ich bezahle alle meine Getränke", protestiert Malika.

„Ihr Geld interessiert uns nicht, Madame. Das hier ist ein Teesalon, keine Nachtbar."

Ich bitte ihn, es gutsein zu lassen. Er mustert gehässig die Frau, schüttelt den Kopf und legt den Rückwärtsgang ein.

„Dieser Mistkerl", schimpft Malika. „Der hält mich für bekloppt. Der hat keine Ahnung, daß in unserem Land jeder von heute auf morgen plötzlich ganz unten sein kann."

Ich nehme ihre Hände, um sie zu trösten.

„Kann ich irgend etwas für Sie tun?"

Ohne es zu beabsichtigen, habe ich offenbar einen höchst wunden Punkt berührt. Sie reißt entsetzt die Augen auf, bebt von Kopf bis Fuß. Ihre Wangenknochen, die ohnehin schon kantig sind, treten noch schärfer hervor.

„Wie bitte? Was haben Sie da gerade gesagt?" Sie stößt meine Hände fort und steht polternd auf. „Ihr Scheißmitleid brauche ich nicht, Monsieur Llob. Ich habe nur jemanden zum Reden gesucht."

„Ich bitte Sie, verstehen Sie mich nicht falsch. Ich wollte Sie nicht kränken."

„Sind alle gleich!"

„Hören Sie, Malika..."

„Pfoten weg, dreckiger Bulle!"

Der ganze Teesalon erstarrt in der Bewegung, um uns zu beobachten. Malika Sobhi ist jetzt weiter nichts als eine Jammergestalt mit struppiger Mähne, Schaum vor dem Mund und verdrehten Augäpfeln. Sie schleudert mir ihre Zigarette ins Gesicht, greift nach ihrer Handtasche und läuft davon.

Ich versuche, sie einzuholen.

Sie taucht in die Menge ein und ist verschwunden, ohne sich noch einmal umzudrehen.

„Ich habe Ihnen doch gleich gesagt, daß die nicht richtig tickt", schnaubt mir der Kellner in den Nacken, zufrieden, das letzte Wort gehabt zu haben.

* * *

Ich bin ans Meer hinunter und habe zugesehen, wie es mit den Felsen kämpft, während die Möwen mit spitzen Schreien über der Gischt hinwegzischen. Die Wellen sind derart hysterisch, daß sie die Fischer zum Rückzug in Richtung alte Landungsbrücke zwingen. Der Strand ist überflutet, und in der Bucht tost es zum Fürchten.

Ich weiß nicht, wieviel Zeit ich so herumgebracht habe, ehe ich ziel- und lustlos weitergelaufen bin. Ich habe nicht mitbekommen, wie sich die Sonne abgesetzt hat, noch wie der Abend bei Einbruch der Nacht immer finsterer blickte. Ich weiß nicht einmal, wie ich am Ende zu Sid Alis Garküche gekommen bin.

Sid Ali schwenkt wie bei einer Zeremonie einen Fächer über seinem Grill. Um sich in Stimmung zu versetzen, zieht er in vollen Zügen den Rauch seiner Grillwaren durch die Nüstern ein und leckt sich die Lippen. Als er mich auf der Türschwelle stehen sieht, hält er inne, legt seinen Fächer zur Seite und wischt sich seine fleischigen Finger an der Schürze ab, auf der die Sauce unübersehbare Spuren hinterlassen hat.

„Was! Dich gibt es auch noch!" ruft er aus und kommt wie eine Woge auf mich zugerollt.

Er klatscht mir voll aufs Gesicht, und ich gehe unter der Wucht seiner Zuneigung in die Knie. Der Geruch verbrannten Fleisches, der von ihm ausgeht, verschlägt mir den Atem.

„Bist du sauer auf mich? Du läßt dich ja überhaupt nicht mehr blicken!"

„Ist auch besser so."

Er runzelt die Stirn. „Warum sagst du denn so einen Mist?"

„Scheint, daß meine Visage zum Heulen ist."

„Na und? Freunde sind doch nicht nur zum Feiern da."

„Mein Vater hat mir geraten, meine Freude mit anderen zu teilen und meinen Kummer für mich zu behalten."

„Da war er im Irrtum."

Er tritt zurück, blickt mich abwägend an, drückt mir einen Finger in die Wampe. „Du siehst aus wie ein geschrumpfter Gummiball", stellt er fest, während er mir einen Stuhl zurechtrückt. „Bist du auf dem Sprung oder willst du was essen?"

„Beides."

„Ich mache in einer knappen Stunde den Laden dicht. Was hältst du davon, wenn du bei uns zu Hause zu Abend ißt? Die Kinder werden sich freuen, dich wiederzusehen."

„Laß gut sein. Mir ist nicht danach. Und außerdem kreuzt gleich Lino hier auf. Mach mir ein halbes Dutzend Merguez mit massig Senf und schreib an, ich bin total abgebrannt."

Er kümmert sich um zwei Kunden hinten im Raum und kommt wieder nach vorne geschlurft.

„Wo warst du denn die ganze Zeit?"

„Du weißt noch gar nichts?"

Er zieht einen Flunsch. „Mir sagt ja keiner was."

„Sie haben mir meine Dienstmarke weggenommen."

Er weicht sekundenlang meinem Blick aus, kratzt sich am Schädel und läßt sich auf den Stuhl neben mir plumpsen.

„Ach ...!"

„Scheint dich nicht sonderlich zu überraschen."

Er macht eine undefinierbare Handbewegung. „Ich habe zwar nur eine Garküche und bin nicht sonderlich gebildet, aber das heißt noch lange nicht, daß ich einen Fußball zwischen den Schultern sitzen habe. Wozu letztlich der Krieg gegen die fundamentalistischen Bösewichte, wenn nicht, um einen Krieg gegen die fundamental Guten auszulösen? Du bist weder der erste noch der letzte, den es erwischt. Um die Wahrheit zu sagen, ich sprech lieber nicht darüber. Ich habe mich die ganzen letzten Jahre über so sehr ausgekotzt, daß ich heute nicht mehr auf den Topf brauche. Und außerdem, bei deinem Alter, was hast du dir denn vorgestellt? Daß sie dir die Uniform gleich mit wegnehmen?"

Er legt seinen resignierten Tonfall ab und stößt mir den Ellenbogen in die Seite. „Los, lächle mal. Kennst du den schon? Wie nennt man ein Känguruh, das nicht zurückkommt?"

„Wenn du einen Bügel meinst, bist du echt der letzte Trottel."

Er schmeißt sich mit einem Stehaufmännchenlachen nach hinten und läßt seine Speckfalten tanzen. „Kanntest du den schon?"

Zehn Minuten später lädt er ein ramponiertes Tablett voller Fleischspießchen, Zwiebelscheiben, Pepperoni und Brot nebst einem Krug mit einem absolut widerwärtigen, selbstgebräuten Gesöff vor mir ab und quetscht sich mir gegenüber auf die Bank, das Gesicht in die Hände vergraben, um mir beim Mampfen zuzusehen.

„Irgendwelche Pläne?"

„Erstmal meine Pechsträhne überwinden."

„Also bitte, trag bloß nicht so dick auf. Davon geht doch die Welt nicht unter. Es gibt auch noch was anderes als die Polente im Leben. Hast du nicht längst genug, nach all den Jahren? Mach mir die Freude und zieh einen Strich unter dieses Kapitel. Es bringt eh nichts, die Welt verbessern zu wollen. Sie ist, wie sie ist. Der Messias persönlich würde sie nicht ändern können. Der Beweis? Er will erst am allerletzten Tag wiederkommen. Ist ja nicht so, daß ich dich nicht verstehen könnte. Du steckst den Kopf in den Sand. Du bist nicht der Anwalt der Armen und noch weniger der Rächer der Enterbten, den der Himmel uns schickt. Du bist ein kleiner Funktionär, bestenfalls eine Handvoll Groschen wert. Du machst deinen Job und ab in die Federn, aus und basta. Ich sage ja nicht, daß es dich nichts anginge, oder daß man noch nicht mal den kleinen Finger rühren sollte. Ich sage nur, daß es nicht ratsam ist, über den eigenen Hintern hinaus zu furzen. Worauf es ankommt, ist, daß man keine krummen Dinger dreht. Und du, hast du je ein krummes Ding gedreht? Nie im Leben. Wenn die anderen es tun, was geht's dich an? Vor dem Herrgott steht jeder mit seinem Gewissen allein."

„Sid Ali, um Himmels willen, siehst du nicht, daß ich esse?"

„Ißt du neuerdings vielleicht mit den Ohren? Und außerdem, wie soll ich bitte schön den Mund halten, wenn du die ganze Zeit über kein Wort von dir gibst?"

* * *

Lino hat seinen Zopf abgeschnitten. Er hat sich die Schläfen ausrasieren und die Strähne auf der Stirn eindrehen lassen. Zum Ausgleich hat er seit unserem letzten Treffen die Bartstoppeln stehen lassen. Mit seinem Tropenhemd, seiner an den Knien abgewetzten Jeans und seinen falschen Markenturnschuhen sieht er aus wie ein Luppy vom Lande, der frisch in der Großstadt eingetroffen ist.

Er winkt lässig zu Sid Ali hinüber und macht mir Zeichen, zu ihm zu kommen.

Hinter ihm steht Ewegh Seddig und hat die Straße fest im Blick. Seine Kolossalstatur verdeckt fast das Auto. Die Arme über der Brust verschränkt, die Beine fest in den Boden gerammt, beherrscht er den Gehweg so undurchdringlich wie seine schwarze Sonnenbrille. Einmal habe ich ihn gefragt, warum er nachts eine Brille trägt, die eigentlich als Schutz vor der Sonne gedacht ist. Um die anderen vor seinem Blick zu schützen, hat er gesagt.

Ich wische mir Mund und Hände mit einem Lappen ab

und sprinte zum Auto. Lino setzt sich ans Steuer. Eweghs Blick sucht die Gegend ab, ehe er sich auf die Rückbank zwängt.

„Wie geht's denn so?" frage ich ihn.

„Hmmm..."

Lino chauffiert uns bis hinter Bab El-Oued, vorbei am Platz des 1. Mai, und rast dann die Küstenstraße entlang, eine Hand am Steuer, die andere im offenen Fenster. Er schweigt. Ab und zu, um das Schweigen zu überwinden, tut er so, als interessiere er sich für dic Gaffer am Straßenrand, fixiert sie auch noch im Rückspiegel und hat sie ein paar Meter weiter schon wieder vergessen.

Lino ist gar nicht gut drauf.

Wir kommen zu einem erleuchteten Teesalon in der Nähe vom Märtyrerdenkmal. Am Fuß des Hügels leuchtet Algier nach Kräften, um die Finsternis daran zu hindern, sich definitiv in den Köpfen einzunisten.

Wir suchen uns einen Ecktisch, von dem aus wir gleichzeitig den Raum und den Parkplatz mit unserem Auto im Blick haben. Ein adretter Kellner fragt nach unseren Wünschen. Lino bestellt dreimal Orangensaft und drei Schoko-Croissants.

„Wie wär's, wenn du endlich Schluß machst mit deinem Theater?" schlage ich entnervt vor.

Lino zieht den Spaß in die Länge. Er haucht hingebungsvoll auf seine Brillengläser, reibt sie am Hemd sauber und schiebt sich das Gestell über die Augenbrauen.

„Mir geht's nicht gut."

„Mir auch nicht."

Der Kellner kommt mit einem Tablett zurück und teilt Gebäck und Getränke aus, wobei er sich von der Statur des Targi sichtlich beeindruckt zeigt. Lino beruhigt ihn: „Der beißt nicht."

Der Kellner schüttelt den Kopf und zieht ab, ohne auf seinem Trinkgeld zu beharren.

Lino verkündet im Tonfall tiefsten Abscheus: „Wir haben den Typen identifiziert, der dir nachgestellt hat. Er hieß Farhat Nabilou."

„Und? Paßt dir sein Name nicht?"

„Seine Akte paßt mir nicht. So nichtssagend wie eine offizielle Ansprache. Ich hatte gehofft, wir würden ein paar Einzelheiten erfahren, um über ihn an seine Hintermänner heranzukommen. Nichts. Farhat Nabilou, am 27. Februar 1965 in Algier geboren. Trödler in El Harrach. Keinerlei politische Aktivitäten. Kein Strafmandat. Keinerlei Kontakte. Der perfekte Einzelgänger. Hallo, wie geht's und tschüß. Die Nachbarn wissen fast nichts über ihn. Hat seinen Laden täglich zur selben Zeit dicht gemacht und ist gleich danach ab nach Hause."

„Er war doch bewaffnet..."

„Genau das ist der Punkt. Das Schießeisen hat einem Brigadier gehört, der vor zwei Jahren in Sidi Moussa ermordet wurde. Für die Kollegen vom Labor ist das sonnenklar. Und es ist genau die Waffe, mit der Anfang des Monats drei Einwohner von Rouiba umgelegt wurden."

„Warum?"

„Hatten keine Lust mehr, sich weiter erpressen zu lassen."

„Warst du in Rouiba?"

„Mit Ewegh, gestern und noch heute früh. Wir sind von Tür zu Tür gelatscht, doch kein Mensch hat Nabilou auf dem Foto wiedererkannt."

„Und der Wagen?"

„Wurde vor drei Wochen in Chlef gestohlen. Gut getarnt, neu gespritzt, falsches Nummernschild, gefälschter Fahrzeugbrief, neue Reifen, aufgemotzt mit Radkappen und Stoßstange... Für einen unbescholtenen Bürger ein prima Job." Er verleibt sich das halbe Glas Saft und die Hälfte seines Schoko-Croissants ein und meint noch: „Der muß ganz frisch angeworben sein."

„Praktizierender Gläubiger?“

„Man hat ihn nie in der Moschee gesehen. Aber das will heutzutage nichts mehr heißen. Der Krieg hat es mit sich gebracht, daß sie inzwischen jeden rekrutieren.“

„War er verheiratet?“

„Geschieden, kinderlos. Die Mutter tot, der Vater impotent. Die reinste Sackgasse.“

Ich drehe nachdenklich das Glas in meinen Händen.

Ewegh hat seines noch nicht angerührt. Er sitzt stocksteif da und überwacht, was sich draußen tut – eine Kobra, die auf Beute lauert.

„Wer hat ihm bloß das Genick gebrochen?“ werfe ich beiläufig ein. „So viel ich weiß, findet seit 1962 kein Jahrmarkt mehr statt. Aus welchem Zirkus mag dieser Herkules entlaufen sein?“

Ewegh zuckt mit keiner Wimper. Lino dagegen scheint das irgendwie unangenehm zu sein.

„Ich bin gerade mal um die Wohnblocks herum. Das hat vielleicht fünf oder sieben Minuten gedauert. Und schon finde ich ihn zusammengesackt überm Lenkrad liegen. Kannst du mir das erklären, Leutnant?“

„Der ist auch von einem beschattet worden, ist doch klar.“

Mein Finger zeigt auf den Targi: „Das warst du!“

„Sein Hals ist mir unter den Fingern weggeknackst“, gibt Ewegh ohne Umstände zu, als handle es sich um ein dummes Malheur. „Ich wollte ihn eigentlich nur aus dem Auto ziehen.“

Lino seufzt, gibt sich geschlagen und erklärt: „Der Direx hatte Ewegh beauftragt, dich zu überwachen. Nach der Geschichte mit den Poltergeistern in deiner Wohnung ging ein Anruf in der Zentrale ein. Anonym. Der Typ ließ durchblicken, daß sie dich umlegen wollten. Vielleicht nur ein Scherz, aber der Direktor zog es vor, auf Nummer Sicher zu gehen. Ewegh wollte ihn wirklich nur festnehmen. Lebendig hätten wir einiges aus dem rausgekriegt, kannst du dir ja denken ... War halt ein Unfall."

Ewegh rührt sich noch immer nicht. Er überwacht den Parkplatz, sonst interessiert ihn nichts.

Lino wechselt plötzlich den Ton: „Willst du mir einen Gefallen tun, Kommy? Fahr zu Mina und den Kindern nach Béjaïa, oder geh nach Igidher zurück, oder laß von mir aus in Oran Gras über die Sache wachsen, aber häng nicht weiter hier herum. Ich bin überhaupt nicht beruhigt. Kein Mensch ist beruhigt ..."

Ich will ihm gerade zu verstehen geben, was ich – ehrlich gestanden – von seinen Ratschlägen halte, da zerplatzt plötzlich die Fensterfront in Millionen von Splittern. Ein Sog erfaßt mich und schleudert mich nach hinten. Um mich herum wildes Geschrei. Ich habe Mühe zu begreifen, was passiert ist. Ich liege am Boden, völlig entkräftet, zu schlapp, den Tisch, der auf mir liegt, wegzuschieben. Neben mir Lino, mit aufgerissenen Augen. Ewegh, alle Viere in der Luft, versucht, sich unter dem Berg von Stühlen, in den es ihn verschlagen hat, hochzurappeln.

Im Teesalon herrscht blankes Chaos. Wer nahe der Eingangstür saß, ist unter Trümmern begraben. Unter den gliedlosen Marionetten erkenne ich den Kellner wieder. Er entdeckt soeben voll Entsetzen, daß sein Arm keine Rückmeldung gibt. Er kann es nicht fassen, ist leichenblaß, glaubt nicht, was er sieht. Eine Frau taumelt durch den Qualm, eine Kreatur wie aus einem Gespensterfilm, die Arme weit von sich gestreckt, das Gesicht von der Explosion weggerissen.

„Wo ist meine Tasche?" ruft ein Mädchen blutüberströmt und wühlt verzweifelt im Staub.

Den entstellten Mann vor ihrer Nase scheint sie nicht wahrzunehmen, und auch nicht das verstümmelte Bein, aus dem sich das Blut über ihre Waden ergießt.

„Eine Bombe! Eine Bombe!“ ruft jemand wie im Delirium.

Ewegh steht als erster wieder auf, wirbelt eine Staublawine hoch. Er schiebt den Tisch, der mich fast erdrückt hat, zur Seite und hilft mir hoch. „Bist du okay?“

Abgesehen von den Glassplittern im Arm habe ich nicht den Eindruck, verletzt zu sein.

Lino stöhnt. Sein Fuß ist gräßlich verrenkt. „Mir tut mein Knöchel weh!“ ächzt er.

Ein Mann taucht aus dem Rauch auf, mit schwärzlichem Gesicht, torkelt und bricht zusammen, der Rücken verkohlt. Eine Frau sitzt auf einem Stuhl, wundersamerweise unverletzt, blickt sich nur immerzu um, begreift nicht. Hinter dem Tresen züngelt eine Flamme empor, schlängelt sich an einem Vorhang hinauf und hat im Nu die Decke erreicht. Das Dach knistert, bricht auseinander und kracht mit Getöse zusammen.

Draußen ist der Teufel los. Schatten bewegen sich, laufen ineinander, durcheinander, ein halluzinierendes Schauspiel. Ihre Schreie vereinen sich zu einer ohrenbetäubenden, irrwitzigen, alles mitreißenden Sturzflut.

„Wo ist mein Sohn?“ ruft flehentlich ein Vater, dem nur noch Fetzen am Leibe hängen, und klammert sich an die Leute. „Eben war er noch da. Gerade hier. Wo ist er?“

„Es ist nicht wahr, es ist nicht wahr!“ murmelt unablässig kopfschüttelnd ein Greis. „Es ist nicht wahr, es ist nicht wahr …“

Das Feuer greift auf den Parkplatz über, verschlingt das erste Auto und beginnt, die anderen in einer surrealen kakophonen Geräuschkaskade explodieren zu lassen. Menschliche Fackeln schwanken durch die Nacht, Irrlichtern gleich, und ihre Bewegungen sind herzzerreißender als ihr Schreien.

Innerhalb weniger Minuten hat sich der Belvedere in einen Alptraum verwandelt, und die Hölle erscheint mir gnädiger als das Fegefeuer, das hier wütet.

III

Vergeblich versucht sie
Auf einem Grashalm zu landen
Schwerfällige Libelle
Wandermönch Matsuo Bashô
(1644-1694)

10

Zu sterben ist die größte Gemeinheit, die man seinen Freunden antun kann.

Da Achour ist nicht mehr von dieser Welt.

Er hat für vier gegessen, hat seine Zwanzig-Uhr-dreißig-Zigarette exakt um zwanzig Uhr dreißig geraucht, es sich in seinem Schaukelstuhl bequem gemacht, die Füße gegen die Balustrade gestützt, mit einem kleinen Hüftschwung den Stuhl in Bewegung gesetzt, und sich dann, die Lichter eines Frachters auf hoher See fest im Blick, still und leise rülpsend davongemacht.

Wäre ich in der Nähe gewesen, hätte ich sicher zwischen den Sternen den lieben Gott gesehen, der sich freut, ihn endlich unter den Seinen begrüßen zu können.

Er war, wenn man so will, meine Familie. Hatte in seinem Blick den dämmernden Abglanz des Heimwehs bewahrt. War ein Hort der Weisheit, war mein Igidher, meine verlorenen Jahre. Gott hat mit ihm ein gutes Geschäft gemacht, und ich, ich weiß nicht wohin.

Schon beginnt das Meer sein Klagelied, sammelt sich die Stille, ist die Welt öde und leer.

Da Achour war einer der Gerechten.

Er wird mir ungeheuer fehlen.

Er pflegte zu sagen: „Die Rassen, das sind nicht die Weißen, die Schwarzen, die Roten, die Gelben. Die Menschen wissen die Gaben der Natur nicht zu schätzen. Sie schauen mit Vorurteilen auf ihre Unterschiede und nennen es Rassentrennung. Aber die Rassen, das sind nicht die Araber, die Juden, die Slawen, die Tutsis. Die Menschen ziehen keine Lehre aus der Zeit. Stattdessen teilen sie die Ethnien in Kampftruppen ein. Sie trennen die Menschheit in oben und unten auf, um ihre eigene Nichtigkeit zu überspielen, darüber hinwegzutäuschen, wie ordinär sie selber sind… *Wahre* Rassen gibt es nur zwei: die Rasse der Aufrichtigen und die Rasse der Ruchlosen, die Ehrenwerten und die Ehrlosen. Seit Anbeginn der Zeiten stehen sie einander gegenüber, bekämpfen sich gnadenlos, das ist das Gleichgewicht der Dinge. Sie waren schon immer da, lange vor dem ‚Licht', lange vor dem ersten Prophetenwort, und sie werden alle Zivilisationen überdauern. Seit wir auf der Welt sind, lehrt man uns die Zwietracht und führt uns auf Irrwege, fern der Wahrheit. Man lehrt uns den Haß auf alles Andere, alles Abwesende, alles Fremde: ein künstlicher, wohlfeiler, auf Abruf verfügbarer Haß. Und sieh nur, Brahim, sieh: Wer setzt heute unsere Schulen in Brand, tötet unsere Brüder und Nachbarn, enthauptet unsere Gelehrten, überzieht unser junges Land mit Feuer und Blut? Sind es Außerirdische, sind es Malaien, sind es Animisten, sind es Christen? Es sind Algerier, niemand sonst als Algerier, dieselben Algierer, die vor noch nicht allzu langer Zeit lauthals in den Stadien die Nationalhymne sangen, die in Scharen den Geschädigten zu Hilfe eilten, die sich von den Benefizveranstaltungen im Fernsehen mobilisieren ließen. Und sieh sie dir heute an. Erkennst du dich in ihnen wieder? Ich nicht im geringsten… Die Menschen *meiner* Rasse, Brahim, das sind all jene, die es rund um den Globus entschieden ablehnen, daß solchen Monstern Pardon gewährt wird."

Er war mein Allerheiligstes: Da Achour, er war der letzte Schutzpatron dieser Stadt.

Wir haben ihn auf dem Friedhof von Igidher beigesetzt. Fünfzig Gräber vom Grab von Idir Naït-Wali entfernt. Alles frische Gräber, die sich wie braune Geschwülste aus der Erde wölben. Zweimal war der Stamm in der Zwischenzeit Opfer tragischer Vorfälle geworden. Erst hatte eine Gruppe Fundamentalisten eine Polizeisperre an der Straße nach Sidi Lakhdar vorgetäuscht. Sie nahmen den Bus ohne Vorwarnung unter Beschuß. Das Fahrzeug fing Feuer, die Fahrgäste sind bei lebendigem Leibe verbrannt. Etwas später wurden sieben Frauen und dreizehn Kinder aus der Nähe des Marabout* Sidi Méziane entführt. Zwei Tage später fand man sie in einer Lichtung auf, alle erdolcht.

Mohand fragt, ob ich etwas zum Gedächtnis des Verstorbenen sagen wolle. Ich schüttle nur den Kopf.

„Na schön. Dann werdet ihr jetzt mit dem Auto nach Imazighène gebracht. In einer knappen Stunde treffen wir uns alle da unten wieder."

Ich bedanke mich bei ihm. Er sieht zu, daß er fortkommt, zu seinen bewaffneten Männern.

Die Menge zerstreut sich schweigend. Greise humpeln auf Lieferwagen zu, andere zu ihren Eselskarren. Die Jüngeren laufen zu Fuß den steilen Hügel nach Imazighène hinunter.

Arezki Naït-Wali sitzt selbstvergessen auf einem großen Stein vor dem frischen Grab. Sein naßgeschwitztes Hemd dampft in der Hitze. Er hat seine purpurrote Nase in ein Taschentuch gepreßt und wartet, daß ich ihn abholen komme.

„Los, komm", muntere ich ihn auf.

Er schüttelt das Kinn und erhebt sich.

Ich lege ihm den Arm um die Schultern und schiebe ihn vor mir her. „Wollen wir den Wagen nehmen?"

„Ich gehe lieber zu Fuß."

---

* *Für den Maghreb typisches Kuppelgrab eines islamischen Heiligen*

„Ist aber ein ganzes Stück.“
„Halb so schlimm, geht ja immer bergab.“
„Na schön. Dann wollen wir mal.“

Imazighène ist ein Geisterdorf, einige Kabellängen von Igidher entfernt. Einst wurden dort die Widerspenstigen des Stammes einquartiert, die sich weigerten, zu den Zuaven zu gehen*. Während des Krieges fiel das Nest an die SAS**. Nach 1962 beschloß es, weiterhin ein Ort der Ausgrenzung zu bleiben und ist seitdem von einer geradezu pathologischen Verweigerungshaltung. Keine Kinder, die schreien, keine Töpfe, die scheppern.

Da liegt er, der Ort, am Ende eines Pfades, und verbirgt seine Misere verschämt hinter einem Bollwerk aus Feigenkakteen, so trostlos wie ein indianischer Friedhof. Seine Bewohner sind nach einem Massaker fortgezogen und haben den Fundamentalisten ihre klägliche Herde und ihre armseligen Gerätschaften zurückgelassen. Ein Großteil der Hütten hat schon kein Dach mehr. Die Fassaden der Innenhöfe sind rissig geworden und bröckeln im Wind. Alles ist still, nur die Zugluft schlägt munter über die Stränge, läßt Türen klappen und Fenster quietschen. Die Ratten haben die modrigen Räume zu ihrem Reich erkoren. Und die Spinnen ihre hängenden Gärten von einer Mauer zur anderen gespannt, über das ganze Mobiliar hinweg. Außer einigen Greisen, die geisterhaft in den Eingängen hocken, klammert sich nur eine Handvoll Familien

---

* *hier allgemein: sich in die französische Armee einberufen zu lassen. – Zouaven oder Zuaven (benannt nach einem algerischen Berberstamm, der besonders tapfere Soldaten für das türkische Heer, dann für die Franzosen stellte) hießen die Mitglieder eines später nicht mehr ausschließlich aus Berbern bestehenden französischen Kolonialcorps in türkischer Tracht.*

** *„Section administrative spécialisée“ = in etwa „Sonderverwaltungseinheit“, 1955 von den Franzosen zur psychologischen Kriegsführung gegen die Bevölkerung geschaffen.*

störrisch an ihren Bau, das Gewehr geschultert, das Auge waidwund.

„Wir haben ihnen angeboten, sich nach Igidher zurückzuziehen, aber sie wollen ihre Gemüsegärten nicht aufgeben“, erklärt mir ein junger Patriot*. „Tagsüber tun sie, was sie können, und nachts schieben sie Wache.“

„Wenn das noch lange so weitergeht“, bemerkt der Imam, „dann sterben sie, falls die roten *Khmej*** sie nicht vorher umbringen, entweder an Angst oder an Schlaflosigkeit.“

Der junge Mann streichelt seine Kalaschnikow und erklärt: „Wir patrouillieren von Zeit zu Zeit hier in der Gegend. Aber manchmal sind wir tagelang zum Durchkämmen ganzer Gebiete weg, und dann fehlen uns die Leute.“

Ich bleibe stehen, um einen Eindruck vom Ausmaß der Verluste zu gewinnen. Imazighène ist ein Symbol der Entsagung, malträtiert, traumatisiert, mißtrauisch geworden, und seine Gassen sind von einem wachsenden Übel verseucht: der Feindseligkeit. Es ist die Feindseligkeit einer aus dem Sattel geworfenen Bevölkerung, deren Nerven bloßliegen und die sich weigert zu glauben, daß man schlicht aus Versehen in ihrem Ort landen kann.

Als Kind kam ich oft hierher, um heimlich Lounja zu beobachten. Sie wohnte in einem Häuschen, das heute dem Erdboden gleich ist, dort auf der Anhöhe, hinter dem Kaktusstreifen. Jeden Morgen schlug sie den Weg zur Quelle ein, mit einem Gewand in den Farben des Sommers angetan, den Wasserkrug in vollendetem Gleichgewicht auf ihrer flammenden

---

* *„Patrioten“ oder „Selbstverteidigungsgruppen“ nennen sich in Algerien die von staatlicher Seite bewaffneten Milizen, die die Bevölkerung vor den islamistischen Terroristen beschützen bzw. selbst Anschläge und militärische Offensiven gegen die Terroristen durchführen. In einigen Gegenden ersetzen sie faktisch die Sicherheitskräfte.*

** *Unrat, Dreck*

Mähne balancierend. Lounja war elf Jahre alt und hatte einen azurblauen Blick. Wenn sie ihr kristallklares Lachen in die Lüfte warf, huschten mir seltsame Schauer über den Rücken.

Der Imam wischt sich mit einem Zipfel vom Turban übers Gesicht. Er ist puterrot, als würde er gleich explodieren. Er beugt sich zu Arezki hinüber und erzählt:

„1994 sind vierzig Hundesöhne aus den Wäldern dort drüben hervorgestürmt. In weniger als einer Stunde hatten sie alles geplündert. Bevor sie wieder abgezogen sind, haben sie alle Familien auf dem Dorfplatz versammelt und ihnen eine Predigt gehalten. Dann haben sie als abschreckendes Beispiel den Muezzin und seinen Sohn erdolcht und sie kopfüber am Eingang der Moschee aufgehängt. Du erinnerst dich sicher noch an Haj Boudjemaa. Er hat zur Zeit der Besatzung an der Koranschule von Igidher unterrichtet."

„Ich erinnere mich nicht an ihn."

„Er war sehr eng mit deinem Vater befreundet."

„An den erinnere ich mich auch nicht mehr."

„Schon möglich, du warst ja noch sehr jung… 1995 sind sie dann wiedergekommen. Am Vorabend vom Aïd*, kannst du dir das vorstellen? Sie haben die Häuser der ehemaligen Mudschaheddin** in Brand gesetzt und Amrane und seine Familie in der Gesundheitsstation verbrannt. Du erinnerst dich doch noch an Amrane, den Pferdehändler?"

Arezki schneidet eine ausweichende Grimasse.

Der Imam runzelt die Brauen: „Du erinnerst dich nicht an Amrane?"

„Es tut mir wirklich leid."

„Ich hoffe, daß du dich wenigstens an mich erinnerst?"

** Aïd el-Kebir, das große Opferfest, wichtigstes muslimisches Fest*

*** Gemeint sind die Kämpfer im algerischen Befreiungskrieg gegen die Franzosen (1954-1962)*

Arezki blickt zu Boden: „Ich bin sehr früh von hier fort."

Der Imam ist enttäuscht.

„Warum haben sie ihn verbrannt?" frage ich nach.

Der Imam wendet die offenen Handflächen zum Himmel. „Wer weiß das schon? An Amrane war nichts Besonderes, er war unauffällig, fast nichtssagend als Person. Wenn ihr mich fragt, sie haben ihm vermutlich vorgeschlagen, eine gestohlene Viehherde auf dem Souk abzusetzen, und er hat nicht mitgemacht."

Wir kommen beim Haus der alten Taos an. Sie empfängt uns im Innenhof ihres ärmlichen Gehöfts, den sie üppig mit Teppichen und alten Kissen ausgelegt hat, und lädt uns ein, uns an den Tischchen niederzulassen, die rund um einen Johannisbrotbaum aufgestellt sind.

„Lalla*", murmelt der Imam mit begehrlichem Blick auf das ‚Festmahl', „wir sind zutiefst betrübt, dich noch ärmer zu machen."

„Mein guter Imam", unterbricht sie ihn, „du hast schon deine liebe Not, mich am Freitag in der Moschee zu beschwatzen, da wirst du mir doch nicht heute unter meinem eigenen Dach was vormachen wollen!"

Der Imam lacht leutselig und macht sich daran, ein Plätzchen in den Reihen der Alten zu suchen.

Lalla Taos ist die ältere Schwester von Da Achour. Die Last des Alters scheint ihr nicht das Geringste anzuhaben. Von der Höhe ihrer sechsundachtzig Jahre herab hat sie nach wie vor alles fest im Griff, robust und klarsichtig, und ihre Bewegungen sind so flink wie ihr Mundwerk, aus dem mitunter herrlich frivole Scherze sprudeln. Sie ist witzig und voll Temperament, hat Autorität, ohne autoritär zu sein, und alle Welt liegt ihr zu Füßen. Sie steht aufrecht im Sturm wie die Eiche neben einem

---

* *„Gnädige Frau", „Madame": übliche Anrede für ältere Damen*

Marabout: Die Mühlen des Alltags, die sie aufreiben könnten, die Sorgen und Plagen, die an ihr zehren wollen, werden nie bis zu ihrer Seele vordringen. Sie hat ein Jahrhundert voller Umwälzungen, hat die verheerendsten Epidemien und die Trauer um den Verlust ihrer Nächsten mit seltener Gefaßtheit überlebt und scheint durch die Wechselfälle des Lebens hindurchzugleiten wie die Nadel durch den Stoff. Für sich allein verkörpert Lalla Taos die ruhige Stärke der unwandelbaren Kabylei.

Ich küsse sie aufs Haupt.

Sie umschlingt mich mit ihren mageren Armen und weicht ein wenig zurück, um mich anzusehen: „Was soll jetzt aus dir werden, Brahim, ohne deinen alten Freund?"

Sie bangt mehr um mich als um den Entschlafenen.

Sie war es, die mich aufgezogen hat. Ich war ihr Augapfel. Meine Streiche heiterten sie auf, meine schlechte Laune betrübte sie. Sie liebte mich so sehr, daß sie nicht zögerte, tagtäglich den steilen Hügel hochzuklettern, um meine Mutter aufzufordern, mich in Ruhe zu lassen, wenn ich mich wieder über sie geärgert hatte.

„Er war ein Heiliger", antworte ich ihr.

„Um ihn mache ich mir keine Sorgen. Er war anständig. Garantiert genießt er da oben jetzt schon das süße Leben. Manchmal hat er sich zwar wie ein schlimmer Schlingel aufgeführt, aber Burschen wie er haben sich im großen und ganzen nicht viel vorzuwerfen. Der liebe Gott wird ihm höchstens die Ohren langziehen, um da oben keinen Neid aufkommen zu lassen, und ihn dann für den Rest der Ewigkeit in Ruhe lassen … Gedanken mach ich mir *um dich*."

„Na, dann zieh mir doch auch die Ohren lang und fertig."

Die Trauergäste haben sich rings um die Tische verteilt und sind wacker dabei, die Berge von Kuskus abzutragen.

„Komm", tuschelt sie mir ins Ohr, „ich möchte dir was zeigen."

Sie nimmt mich bei der Hand und führt mich in ein Zimmer mit rissigen Wänden.

„Damit wir uns gleich richtig verstehen", bereitet sie mich vor: „Es bleibt alles hier."

„Ich schwör's dir."

Mein Wort reicht ihr nicht aus. Sie verschränkt ihre Finger mit meinen und läßt uns mit den Händen schlenkern, weit ausholend, und dazu ein Schwur aus Kindertagen – wie in der guten alten Zeit. Jetzt erst ist sie ganz beruhigt, beginnt in den Tiefen eines vorsintflutlichen Schranks zu kramen, befördert ein Messingkästchen mit Vorhängeschloß ans Licht und macht es vor meinen Augen auf.

„Na, was ist das wohl?" jauchzt sie auf und hält mir triumphierend eine Steinschleuder hin.

„Mein *astak*!"

„So ist es. Hab ich dir damals eigenhändig gebastelt. Mein Gott! Was warst du neidisch auf die anderen Jungen! Und das da? Erinnerst du dich?" fragt sie weiter, während sie ein an allen vier Seiten zugenähtes Ledertäschchen hochhält. „Das war der Talisman, den du immer am Arm getragen hast. Er hat dich vor dem bösen Blick und vor üblem Umgang beschützt ... Und das? Das errätst du nie. Das sollte deine allererste Chéchia werden, aber du hast sie nie getragen. Ich bin diesem verflixten Hausierer aufgesessen. Ich hatte ja im Leben noch nie einen Büstenhalter gesehen. Ich dachte, daß das zwei Käppis sind und habe ihn gebeten, mir eines für dich abzuschneiden. Achour hat sich fast die Milz aus dem Leib gelacht, als ich es ihm gezeigt habe."

Sie noch immer über diese Anekdote lachen zu sehen, die sich vor fünfzig Jahren zugetragen hat, sie dabei zu erleben, wie sie eines nach dem anderen die Relikte meiner Kindheit wie geweihte Reliquien hervorholt, unsere gemeinsame Geschichte wie ein Märchenbuch aufblättert und in höchste Verzückung gerät bei der Erinnerung an derart schlichte, naive Begebenheiten – welch ein Gefühl!

Zuletzt zieht sie mit unendlicher Zärtlichkeit und Behutsamkeit etwas hervor, was sie für ihr bestes Stück zu halten scheint, versteckt es hinter ihrem Rücken und spricht glänzenden Auges: „Rate mal, rate mal, was ich hier habe, mein Großer!“ Und ich sehe ihre Augen, die aus ihrer Grisaille erwachen, sehe, wie die Tätowierungen auf ihrem Gesicht zu blühen beginnen, ihre ausgemergelten Schultern vor Begeisterung beben ...

„Erinnerst du dich?“ Und sie schwingt ein vergilbtes, fast gänzlich verblichenes Foto. „Erinnerst du dich?“

Das auf dem Foto ist *sie*, wie sie auf einem Maulesel sitzt, die Augen geschlossen in der gleißenden Sonne, das Kleid bis über die Knie hochgerafft, und sie strahlt, überglücklich, völlig hingerissen von diesem zerlumpten Bengel, der lachend neben ihr auf einem Baumstumpf steht.

„Mein Gott! Was war ich damals häßlich!“

„Du warst überhaupt nicht häßlich, Brahim. Du warst wunderbar.“

Sie fährt mir mit der Hand über meine stachligen Backen, legt den Kopf schräg in den Nacken und murmelt mütterlich, zärtlich, gerührt: „Du warst der Beste überhaupt.“

11

Mohand hat uns eindringlich davor gewarnt, uns über den hellgrauen Grat hinauszuwagen, der den Berg wie eine Messerklinge teilt. Hin und wieder tauchten Fundamentalisten im Dickicht auf, um das Dorf zu überwachen oder einen einsamen Hirten zu entführen. Sie zögerten auch nicht, hat er gesagt, auf alles zu schießen, was sich in Reichweite ihrer Gewehre befände, ehe sie wieder im Wald verschwänden. Sie benutzten diese List, um die Patrioten in verheerende Fallen zu locken. Jetzt, wo ihre Tricks nichts mehr fruchteten, begnügten sie sich damit, die Leute auszuspähen und Unvorsichtige, vor allem Kinder, die sich verlaufen haben, anzugreifen.

Seit dem Morgen werden Arezki und ich aus der Ferne von zwei Schutzengeln bewacht, während wir uns von unseren Erinnerungen treiben lassen. Ich habe sie gleich gesehen, aber ich spiele den Ahnungslosen, um sie zu beflügeln.

Wir erklimmen einen unförmigen kleinen Erdhügel, der unter unseren Schritten wegbröckelt. Die verdorrten Halme kratzen uns die Waden auf.

Arezki macht tollkühne Anstrengungen, um sich nicht abhängen zu lassen – umsonst. Er muß alle hundert Meter eine Pause machen, um wieder zu Kräften zu kommen. „Und da redest du von Erholung!" japst er.

„Ist anstrengend, tut aber gut."

„Kannst du mir mal helfen?"

Ich strecke ihm meinen Stock hin und ziehe ihn daran zu mir hoch.

„Noch eine winzige Anstrengung. Der Ausblick ist die Mühe wert."

Er läßt sich mir direkt vor die Füße fallen, mit aufgelöster Miene, ausgedörrter Kehle. „Reich mir mal deine Flasche. Ich brenne inwendig noch aus."

Ich lasse mich neben ihn zu Boden gleiten.

Links von uns liegt der Obstgarten, in dem wir Lausebengel regelmäßig unsere Streifzüge unternahmen, so behende, daß keiner uns je zu fassen bekam. Heute ist er ein Schatten der Legenden, die wir um ihn rankten. Sein Schweigen ist das eines Friedhofs. Seine Spatzen sind längst auf und davon. Und selbst die Esel wagen sich heute nicht mehr hierher. Damals war der ganze Hügel zur Zeit der Mandelbaumblüte bis an die Pforten des Horizonts wie mit Schnee überzogen.

Auch Arezki betrachtet still, was vom alten Obstgarten übrig ist: verkrümmte, mickrige Bäume, die ihre Äste in verzweifeltem Gebet gen Himmel recken.

„Erinnerst du dich noch, wie du einmal wie ein Wilder da bergab gesaust bist, auf der Flucht vor dem Wächter?"

Arezki schaudert leise und kauert sich zusammen.

„Normalerweise hat er ein Auge zugedrückt. Er ließ mich immer in Ruhe."

„Um das Lämmchen anzulocken, es in Vertrauen zu wiegen. Wenn du mich fragst, dann hat ihn der Wind, der die Gandoura über deinem drallen Popo hochgeweht hat, auf krumme Gedanken gebracht."

Arezki schüttelt verlegen den Kopf. Er war schon immer sehr schamhaft. Meine Unverblümtheit geniert ihn.

„Weißt du, warum es zu stinken beginnt, sobald du nur den Mund aufmachst?"

„Weil mein Verstand im A... ist."

„Du hast es erfaßt."

Ich lache. „Ich habe keinen Hasen je so schnell fortsausen gesehen."

„Naja!"

Arezki greift nach einem trockenen Zweig, zerbricht ihn zwischen den Fingern. Sein Mund läßt sich zur Andeutung eines rätselhaften Lächeln herbei. Mit meinem Stock wühle ich in einem Haufen herum und schrecke ein Heer von Kleinstgetier auf.

Am Fuß des Erdhügels hat der Fluß tiefe Furchen in den Boden gegraben. Die Kieselsteine erinnern an fossile Eingeweide. Einst kamen die Frauen in Scharen hierher, um ihre Wäsche zu waschen. Das Wasser sprudelte in Kaskaden vom Berg herunter und verlief sich fern in der Ebene. Das Schilf stand dichtgedrängt am Ufer, um den Oleander zu beeindrucken. Stellenweise war der Fluß richtig tief. Wir planschten nach Herzenslust drin herum, in einem Aquarell aus Zurufen und funkelnden Spritzern. Manchmal taten wir so, als würden wir ertrinken, um unsere jungen Hunde jaulen und aufgeregt auf der Böschung hin und her springen zu sehen, ehe sie es wagten, sich uns in tollkühnen Kopfsprüngen zuzugesellen. Ich selber schwamm eher selten. Ich zog es vor, mich im Schilf zu verstecken und stundenlang Lounja zuzusehen, wie sie bis zu den Knien im Wasser stand, während ihr Haar sich als goldener Strom über ihren Rücken ergoß und ihr nasses Kleid ihr auf der Haut klebte und die keimenden Brüste erkennen ließ, die schön wie zwei gekräuselte Sonnen waren.

„An dieser Stelle habe ich meine allererste Leinwand bemalt", erinnet sich Arezki. „Mit bunten Kreideresten, die ich in Milch getaucht hatte. Meine Mutter hätte mich fast erwürgt, als sie sah, was ich mit dem einzigen Bettlaken, das sie besaß, angestellt habe."

„Du warst schon damals ein Genie."

Ein Traktor kommt die staubige Piste entlanggetuckert. Er rumpelt unbeholfen die Fahrrinnen entlang, verschwindet hinter einem Wäldchen und taucht am Fuß der Anhöhe wieder auf. Der Bürgermeister bedankt sich beim Fahrer und springt mit geschultertem Karabiner herab. Das Gefährt macht stotternd kehrt und entfernt sich mit groteskem Geholper.

„Ein schönes Paar seltener Vögel gebt ihr ab!" ruft der Bürgermeister uns zu.

Er kommt trotz seiner sechzig Jahre behende den Hang heruntergeeilt und läßt sich uns gegenüber ins Gras fallen.

Akli Uld Ameur war Bauunternehmer, ehe die Kalifen der Apokalypse das Regiment an sich rissen. Eines Nachts haben vermummte Monster ohne Vorwarnung seinen Gerätepark in Brand gesetzt. Einige Wochen später waren sie wieder da und wollten Geld von ihm erpressen. Er hat sie gleich mit dem Gewehr begrüßt. Ein Salut nach den Regeln der Résistance. Am Tag darauf hat er den ersten Patriotentrupp der ganzen Region aufgestellt und sich bereiterklärt, die Leitung des Rathauses, das die Fundamentalisten in Schutt und Asche gelegt hatten, zu übernehmen.

„Störe ich euch?"

„Nicht im geringsten."

Er zieht gewissenhaft sein Hemd über den nackten Nabel.

„Na?" ruft er aus, während sein Arm einen Schwenk über den Horizont beschreibt. „Ist es nicht schön, unser Land? Wie kann man nur in einer derart häßlichen Stadt leben, überall dieser furchtbare Asphalt und Beton, dazu Lärm und verschmutzte Luft bei Tag und Nacht?"

„Indem man die Augen schließt und sich die Nase zuhält."

Er stützt sich auf einen Ellenbogen, legt den Karabiner neben seinem ausgestreckten Bein ab und läßt seinen Blick umherschweifen.

„Früher war es einfach fabelhaft! An den Feiertagen sind die Leute aus den Nachbardörfern hier zusammengekommen. Sie haben ihre Decken ausgebreitet und friedlich gepicknickt. Die Jungen haben Fußball gespielt. Es war herrlich!"

„Damals war man sich seines Glücks gar nicht richtig bewußt."

„Da hast du recht, man nahm das einfach so hin. Es gibt Leute, die merken gar nicht, was für ein Glück sie haben."

„Nietzsche sagt: *Unter friedlichen Umständen fällt der kriegerische Mensch über sich selber her.*"

„Und wer ist Nietsch?"

„Ein Bruder im Geiste."

Akli sucht sein Gedächtnis des langen und breiten nach dem Bruder ab, dann gibt er auf.

„Ach ja", erinnert er sich plötzlich, „dein Direktor hat auf der Post eine Nachricht für dich hinterlassen. Du möchtest zurückkommen."

„Ist es dringend?"

„Am Dienstag sollst du dich bei der Zentrale melden."

„Dann bleiben ja noch vier Tage, uns ein Visum zu beschaffen", sage ich zu Arezki.

„Du sprichst für dich. Mich wird diesmal der stärkste aller Kräne nicht von hier fortbewegen... Bab El-Oued, damit ist's aus. Ich möchte inmitten der Meinen den Geist aufgeben."

„Recht hast du!" stimmt Akli energisch zu. „Die ganze Pracht des Ozeans läßt den Lachs nicht seinen guten alten Fluß vergessen."

* * *

Akli hat uns zu einem Essen in seine Residenz geladen. Er hat alle Welt eingeladen. Um den Künstlern Ehre zu erweisen, hat er ein Porträt von Tahar Djaout* zwischen zwei Damaszenerklingen an der Wand aufgehängt.

Ich mochte Tahar gern. Er war ein Junge mit vollendeten Manieren. Wenn die Höflichkeit eines Tages Gestalt annehmen sollte, dann die von Tahar. Der studierte Mathematiker, der aus Pflichtgefühl beim Journalismus gelandet ist, war ein talentierter Poet. In einem geschmiedeten Bronzerahmen schaut er mich aus unruhigen Augen an, als verstünde er nicht, was er in diesem Glaskasten verloren hat, er, der in die Welt geboren wurde, um sie zu erobern. Er sieht regelrecht entfremdet darin aus... Die schönste Chinavase kann der Blume keine Wiese ersetzen.

---

* *Algerischer Journalist und Schriftsteller, 1993 ermordet. In „Morituri" zitiert Commissaire Llob als Rechtfertigung für seine Unbeugsamkeit dem Terror gegenüber einen Ausspruch von Djaout: „Wenn du redest, stirbst du, wenn du schweigst, stirbst du. Also rede und stirb."*

„Immer, wenn er in der Gegend war, ist er auf einen Sprung nach Igidher gekommen“, erzählt Akli. „Er hat Stunden im Zwiegespräch mit dem Berg zugebracht. Hier hat er seine ersten Texte geschrieben.“

Ich betrachte den seligen Tahar. Mit seinen gezwirbelten Schnurrbartenden sieht er aus wie ein Jüngling aus der Blütezeit der Bohème. Es fällt mir schwer zu glauben, daß die Knarre, die seinen Tagen ein Ende gesetzt hat, angesichts von so viel Schlichtheit nicht den Dienst verweigert hat. Aber in einem Land, in dem man sogar die Säuglinge in der Wiege zerstückelt, wäre es wohl zu viel verlangt, von der Barbarei wenigstens einmal Anstand und Benimm einzufordern.

„He! Herr Bürgermeister!“ ruft ein krausköpfiger Mops beim Betreten des Saals. „Sie sollten Ihre Hunde besser anbinden!“

„Ich habe gar keine Hunde.“

„Woher stammt denn dann dieser Hundedreck draußen auf dem Weg?“ schreit er und zeigt mit dem Finger auf einen Gecken im Drillichanzug.

„Ich bin kein Hundedreck. Paß auf, was du redest, du aufgeblasenes Arschloch.“

Allgemeines Gelächter begleitet den Auftritt dieses hinreißenden Gespanns. Der Dickmops macht sich daran, die Greise fromm auf ihren Turban zu küssen, nur den Imam läßt er absichtlich aus …

„Du hast vergessen, den Scheich auf den Kopf zu küssen“, tadelt Mohand.

„Dazu müßte er erst einmal einen haben.“

„Was heißt, ich müßte erst einen haben?“

„Du bist dreimal in eine vorgetäuschte Straßensperre geraten. Wenn du einen hättest, hätten die roten *Khmej* das längst gemerkt.“

Eine neue Lachsalve ist die Antwort.

Der Dickmops beendet seine Begrüßungsrunde, macht es

sich auf einer mit Matratzen ausgelegten Bank bequem und beginnt erneut, den Uniformierten zu necken, der mürrisch und griesgrämig im Türrahmen steht.

„He! Du Oberfastenrambo! Stimmt es, daß du dein Fallschirmspringerabzeichen dafür gekriegt hast, daß du einen Baumstamm heruntergerutscht bist?"

„Eher dafür, daß ich aus dem Bett deiner Schwester gerutscht bin!"

„Danke für deine Begleitung. Jetzt raus mit dir. Das hier ist nur was für Honoratioren!"

Akli nutzt die allgemeine Heiterkeit, um mir ins Ohr zu flüstern: „Unsere Dick und Doof. Der Dicke, das ist Bachir. Hat sein Studium an der Universität von Tizi Ouzou aufgesteckt, um unsere Reihen zu verstärken. Ist im Untergrund eine echte Dampfwalze. Das Wort ‚Angst' hat er aus seinem Wortschatz gestrichen. Der Kleine ist Amar. Sie sind Cousins und außerdem verschwägert. Halten die Moral der Truppe hoch. Unsere Kämpfer himmeln sie an."

Ein junger Mann bahnt sich einen Weg durch die Tische und beugt sich zum Bürgermeister vor. Akli runzelt die Stirn, nickt und sagt: „Aber natürlich, laß sie herein."

Der junge Mann geht in den Hof und kommt mit einer Gruppe Dorfwachen zurück, die in ihrer blauen Tunika vor Demut ganz pathetisch wirken.

„Die Patrouille von Sidi Lakhdar", erfahre ich von Akli. „Sie kommen gerade von einem Erkundungsgang zurück."

Die Dorfwachen stellen ihre Waffen in einer Mauernische ab und mischen sich unter die Gäste.

Ein paar Jugendliche bringen Tabletts mit Scheiben vom Hammelspießbraten, Salatblättern und Zwiebeln herein.

Bachir klatscht Beifall und leckt sich gierig die Lippen. „Und jetzt füllt euch den Wanst!" donnert er los, und das läßt sich keiner zwei Mal sagen.

Mohand fährt uns gegen halb fünf in der Früh zum Haus von Idir zurück. Unsere Köpfe flirren vor Lachen und Scherzen. Arezki hat nicht durchgehalten. Die langen Jahre des Ausgeschlossenseins haben ihren Tribut gefordert. Todmüde schwankt er, von den kaputten Stoßdämpfern durchgerüttelt, auf dem Rücksitz des alten Autos hin und her.

Am bläulichen Himmel der Naït-Wali steht der Sichelmond wie ein abgekauter Fingernagel, den ein Gott dort vergessen hat. Ein schimmernder Kratzer tief unten am Horizont kündet von der Fehlgeburt des neuen Tages. Es ist eine schöne Nacht, die mit schnellem Flügelschlag über die flaumigen Täler und Hügel enteilt, während der Wind verspielt oder nur unentschlossen sich die Zeit vertreibt, indem er das Zirpen in den Tiefen der Büsche zum Schweigen bringt.

Wir nehmen die Hauptstraße durchs Dorf, die von grellen Laternen mit bunten Lichtern übertupft ist.

Slimanes Café hat noch offen. An den Tischen sitzen Patrioten, Zigarette im Mundwinkel und Gewehr auf den Knien. Hier und da sieht man Gruppen von Jugendlichen, die die Schwüle wachhält, schwatzend oder kartenspielend auf Treppenaufgängen hocken. In Igidher wacht man bis tief in die Nacht. Sicherheitshalber.

Das Auto biegt in einen Obstgarten ein, eine kläffende Hundemeute hinterher. Ein Hirt steckt den Kopf aus seiner Hütte heraus. Er erkennt das Fahrzeug und macht sich daran, seine Tiere zu beruhigen.

„Hier wollen wir eine Schule bauen", erklärt Mohand. „Unsere Kinder beklagen sich darüber, daß die alte zu eng ist. Es wird einen Spielplatz geben und, sobald wir das Wasserreservoire repariert haben, sogar Duschen. Dann müssen unsere Sportler nicht mehr nach Sidi Lakhdar ausweichen. Wir haben eine selbstgebastelte Bombe von dreiundvierzig Kilo unter der Chaussée entdeckt. Eine Stunde, ehe der Gemeindebus hier durchkam. Was für eine Katastrophe, wenn sie explodiert wäre. Im Bus waren sechzig Schüler. Auf Klassenfahrt."

„Ihr leistet euch heutzutage Klassenfahrten?"

„Na und ob! Wir versuchen, unseren Kindern ein möglichst normales Leben zu bieten." Seine Hand krampft sich ums Steuer. „Vorher waren das keine Kinder mehr. Ihr hättet sie sehen müssen, wie sie in den Ecken kauerten, zitternd und verstört, sie brüllten schon los, wenn man sie nur ansah. Wie verängstigte Tiere. Ein knatternder Auspuff löste die wildeste Panik aus. Unmöglich, sie in diesem Zustand zu lassen. Sie wären früher oder später verrückt geworden. Mein Junge fing zu weinen an, sobald ich nur im Nebenzimmer verschwand, um etwas zu holen. Er klammerte sich Tag und Nacht an meinen Schatten. Wir haben die Hölle hinter uns."

Sein Ton wird aufgeräumter, als wir auf freies Feld gelangen: „Hier wollen wir ein Jugendhaus bauen und vielleicht sogar ein kleines Stadion mit einer offiziellen Tribüne und Stufenreihen. Wir haben eine Menge Projekte für unsere Gemeinde. Das ist unsere Art, die Herausforderung anzunehmen. Wir bauen auf, was der Fundamentalismus zerstört hat, und gewinnen täglich Terrain hinzu. Die beste Verteidigung ist noch immer der Angriff, hat der Capitaine gesagt."

Der Wagen poltert krachend in eine Ackerfurche. Mohand reißt schnell das Lenkrad herum, um nicht im Graben zu landen.

„Du hast es selbst gesagt, Brahim: ‚Wenn du ein Problem hast, ist es *dein* Problem.' Wer soll uns helfen, wenn nicht wir uns selbst. Und bisher klappt es ganz gut."

Da taucht Idirs Haus hinter den Bäumen auf, verhutzelt und pittoresk mit seinem Schieferdach und seinen Mauern aus Lehm und Stroh.

Ich rüttele Arezki wach. Der Maler schreckt hoch und hampelt auf der Suche nach dem Türgriff wild herum, ohne fündig zu werden. Mohand springt heraus, eilt auf die andere Seite, um ihm den Wagenschlag zu öffnen und stützt Arezki mit beiden Händen.

„Der ist fertig", sage ich. „Wird nicht mehr lange dauern, und wir müssen ihm bei seinen rituellen Waschungen helfen."

„Die Luft seiner geliebten Berge wird ihn schnell wieder auf die Beine bringen", verheißt Mohand und schiebt seine Arme unter den ungelenken Körper des Greises. „Wir werden ihn hätscheln und päppeln."

Ich mache das Licht im Schlafraum an. Mohand legt seine Last auf einer Matratze nieder, zieht Aretzki die Schuhe aus und deckt ihn zu.

„Ein hübsches Leichentuch!" unke ich.

„Ich an deiner Stelle würde es machen wie er. Ich würde mit Madame und den Kindern in den Schoß der Sippe zurückkehren und alles andere vergessen ... Jetzt muß ich aber los. Im Kühlschrank sind Getränke, und da im Schlauch ist frisches Quellwasser."

„Du hast nicht zufällig ein oder zwei Zigaretten übrig? Ich habe meine Vorräte beim Bürgermeister aufgebraucht."

Er reicht mir eine Packung Rym. „Kannst du behalten."

Plötzlich geht er nah ans Fenster heran und horcht.

„Was ist denn los?"

Seine Hand bedeutet mir zu schweigen. Ich spitze die Ohren. Außer Grillenzirpen und dem Gesäusel des Windes höre ich nichts Besonderes. Mohand geht in den Hof hinaus, klettert auf einen Steinhaufen und horcht in die Ferne, die Hand wie einen Trichter ums Ohr gelegt.

Ganz fern, von den Windstößen verfälscht, ein Knattern ...

„Schüsse?"

„Pst!"

Eine einzelne, kaum hörbare Detonation, dann eine Salve von Feuerstößen ...

„Das ist sicher die Patrouille von Sidi Lakhdar, die einen Zusammenstoß mit einer Gruppe Terroristen hat."

„Ich habe vorhin alles mit den Soldaten durchgecheckt. Die Dorfwachen waren um null Uhr zwanzig zurück in ihrem Quartier."

Die Schüsse werden lauter, aber es ist unmöglich, sie in der Dunkelheit zu orten.

Da kommt ein Lastwagen ohne Licht vom Dorf herauf. Mohand läuft querfeldein, um ihn abzufangen.

Als er zurückkommt, ist er blaß. „Das ist Aklis Gruppe. Sie fahren zu Punkt 21."

„Was ist los?"

„Angriff auf Imazighène!"

Eiswasser peitscht mir den Rücken entlang. In meinem Geist blitzt das gepeinigte Gesicht der alten Taos auf. Meine Knie werden weich, mein Herz hämmert wie wild gegen mein Brustbein.

„Diese Feiglinge!" schreie ich.

„Die Feigheit ist algerisch. Die Tapferkeit ist algerisch. Für beide zusammen hat dieses Land keinen Platz. Wir sind entschlossen, den Teufel zur Strecke zu bringen, wenn nötig in der Hölle." Er springt in seinen Wagen. „Du bleibst hier, Brahim."

„Du machst wohl Witze."

Im Dorf ist alles in Alarmbereitschaft. Die Hauptstraße ist menschenleer. Auf den Dächern bewegen sich Silhouetten, sichern ihre Kampfpositionen, erkennbar an den Sandsäcken, die sich auf den Terrassen stapeln. Am Ortsausgang leuchten Scheinwerfer die umliegenden Felder aus. Aus den Häusern schwirren Befehle, die die Frauen ermahnen, ruhig Blut zu bewahren.

Mohand stellt sein Auto neben einem Bewässerungsbecken ab und stößt zu seinem Trupp, der sich im militärischen Kampfdress auf einer Lichtung versammelt hat.

Ein magerer Rotschopf umreißt die Lage: „Wir wissen nicht, wie viele es sind. Wir sind bereit. Bachir hat auf Punkt 18 Posten bezogen, Ramdane auf Punkt 24. In fünf Minuten wird Akli an Punkt 21 sein."

„Bestens."

Mohand inspiziert schnell seine Leute, kontrolliert die Waffen und die Erste-Hilfe-Ausrüstung, befiehlt einem Greis, seine Uhr abzulegen. Der gehorcht auf der Stelle.

„Diesmal entkommen sie uns nicht."

Die Männer nicken steif, in martialischer Haltung. Tapfer, mythisch und schön wie nur der Krieg sie zu formen weiß, um sie für das Unrecht zu entschädigen, daß er ihnen in der nächsten Minute zufügen wird.

„Vorwärts!"

Die Gruppe setzt sich in Marsch wie ein einziger Mann.

Kein Zweifel: Wenn manche Nationen noch nicht zusammengebrochen sind, dann nicht, weil sie einen Kopf auf den Schultern, sondern weil sie solide Beine haben.

Als wir den Hügel hinabsteigen, ertönt eine grauenvolle Detonation.

Unten am Hang brennen die Häuser.

Der Anblick wirft mich um. Taos!

Ohne mir dessen bewußt zu sein, rase ich wie ein Irrer auf den Weiler zu. Eine zweite Explosion löst einen Strudel an Staub und Flammen aus, der den oberen Teil von Imazighène verschluckt. Aus einem Maschinengewehr dringt ein langgezogener Klagelaut, der die schüchternen Salven aus dem Dorf überdeckt. Abgehackte Schreie dringen an mein Ohr.

Ich renne, renne blindlings drauflos, taub gegenüber den Zurufen Mohands. Ich spüre, wie mein Gesicht von Zweigen zerkratzt wird. *Taos!* Ich glaube, ihre Stimme inmitten von Donner und Geschrei zu hören, ich sehe nichts als ihr Gesicht im flammenden Inferno.

Mein Fuß stößt jäh gegen ein Hindernis. Ich kreisele um mich selbst und stürze in einen Graben.

Mohand holt mich ein, außer sich: „Was hat dich denn gepackt? Man stürzt nicht so drauflos durch die Dunkelheit! Unsere eigenen Leute könnten dich aus Versehen erschießen. Wir haben unsere Erkennungszeichen und Anweisungen, an die wir uns strikt zu halten haben."

Die Gruppe setzt sich wieder in Bewegung, in raschen Sprüngen auf den Ort des Zusammenstoßes zu.

Der Rotschopf fragt, ob wir eine Bahre brauchen. Ich beruhige ihn, und schon eilt er der Gruppe hinterher.

Mohand hilft mir auf die Beine.

„Bist du sicher, daß es geht?"

„Beeilen wir uns, sonst bringen sie noch alle um."

Jetzt kann man deutlich die kräftigen Feuerstöße erkennen, die aus dem Dickicht oberhalb des Weilers kommen. Leuchtkugeln jagen auf blitzenden Bahnen hintereinander her. Das Geschrei der Frauen und Kinder übertönt den Choral des Bleis.

„Das Militär ist im Anmarsch", gibt der Funker bekannt. „Der Capitaine bittet um Geleit."

„Akli wird ihn führen. Wir dürfen keine Zeit verlieren. Sonst treten die *Khmej* noch den Rückzug an und entwischen uns zwischen den Fingern."

Wir laufen querfeldein, säbeln die Barrikaden aus Feigenkaktus um. In nächster Nähe, links von uns, gehen Schüsse los. Hinter mir bricht jemand zusammen. Der Rotschopf. Es hat ihm die Schulter weggerissen. Er rollt sich zur Seite, sucht nach Deckung. Er hat keinen Laut von sich gegeben.

Mohand kriecht zu ihm hin.

„Kümmert euch nicht um mich", flüstert der Rotschopf. „Ich komme schon durch."

Plötzlich, finsterster Vorzeit entsprungen, greift mich ein

alptraumhaftes Wesen an, mit donnerndem *allahou aqbar**, am ausgestreckten Arm eine geschwungene Axt. Eine Salve mäht ihn um, er schlägt vor mir zu Boden, mit offenem Mund und aufgerissenen Augen. Im Sturz hat das Monster einen ganzen Kaktus mitgerissen. Ein Koloß von mindestens 120 Kilo, mit bodenlangem Haar und einem Bart, der ihm bis zum Nabel reicht. Er glotzt mich haßerfüllt an, versucht, sich wieder aufzurichten. Sein Gestank lähmt mich. Da nagelt ihn eine zweite Salve am Boden fest. Er röchelt. Blut sprudelt aus seinem Mund, sein Kopf rollt zur Seite.

Als ich wieder zu mir komme, stelle ich fest, daß Mohands Gruppe schon die ersten Häuser von Imazighène inspiziert. In einen Hof, der ihnen verdächtig vorkommt, werfen sie eine Handgranate. Nach der Explosion stürmen zehn Männer, während die anderen im Zickzack weiterlaufen.

Leuchtzeichen blinken von einem Gebäude herab. Mohand antwortet mit der Taschenlampe. Wir stürzen unter ohrenbetäubendem Kugellärm auf den Dorfplatz.

„Sie ziehen ab, sie ziehen ab…"

„Sie ziehen sich in die Wälder zurück…"

In der Ferne löchern die Lichter des Militärkonvois die Finsternis.

Mohand informiert Bachirs Gruppe über Funk und befiehlt ihm, die Terroristen abzufangen, falls sie versuchen, ihren Rückzug in seiner Richtung anzutreten. Und schon beginnen die Waffen aufs neue, einander anzuspeien.

Die brennenden Häuser erleuchten das Dorf taghell. Zwei zerlumpte Körper liegen am Boden, ihre filzigen Bärte sträuben sich im Wind. Ein anderer liegt zerfetzt unter einem Baum. Die Luft ist vom Brandgeruch menschlichen Fleisches erfüllt. Hinter einem Vorhang aus lehmgelbem Rauch sitzt auf einer Tür-

---

* *Arabisch: „Gott ist groß"*

schwelle eine stöhnende Frau, die sich den Bauch mit beiden Händen hält, um das fließende Blut einzudämmen. Die ersten Zivilisten wagen sich aus ihren Verstecken hervor, tauschen entsetzte Zurufe aus; andere eilen zu den Trümmern, um Verletzten beizustehen.

Ein Greis kommt vorüber, die Arme wie schlafwandelnd ausgestreckt. Ein Patriot hebt ihn auf die Schultern und trägt ihn auf den Platz. Vereinzelt lassen sich ein paar Frauen blicken, Kindern klammern sich an ihre Gewänder.

Wie im Wahn blicke ich auf die rauchenden Ruinen. Zerfetzte Haustiere wälzen sich in riesigen Blutlachen. Federn kreiseln in der knisternden Glut.

Das Haus meiner Taos gibt es nicht mehr. Nur eine Mauer ist stehengeblieben. Gleich einer Stele, in die der Blitz gefahren ist. Ein Lastwagen, vermutlich voll Dynamit, hat einen Krater im Hof aufgerissen. Er ist umgekippt und völlig zerstört, mit deformiertem Fahrgestell und herausgerissenem Motor.

Ich betrete den verwüsteten Patio, wie man in geistige Umnachtung sinkt. Ich habe das Gefühl, durch die Vorhölle zu irren. Ein Schatten unter den Schatten des Weltuntergangs … *Taos … Taos …* Wie ein Besessener beginne ich, Balken beiseitezuschieben, Dielen und Steine anzuheben und mir die Hände im heißen Geröll aufzuschürfen.

„Hier bin ich!“ meckert in meinem Rücken ein Stimmlein.

Ich drehe mich ungläubig um … Und da sitzt sie, auf dem Stamm von etwas, das Minuten zuvor noch ein prachtvoller Johannisbrotbaum war. Da sitzt sie, meine Taos, gesund und munter, und in den Händen hält sie ihr Messingkästchen.

„Mein Vater sagte immer zu mir: Geh nur, Taos, du bist ein gutes Mädchen. Wohin auch immer dich deine Schritte lenken, meine Baraka* begleitet dich. Du wirst wie eine

---

* *Arabisch: Segen Gottes*

Huri* sein: Du wirst all deine Feinde sehen, aber keiner von ihnen sieht dich."

Erst jetzt zuckt mir ein heftiger Schmerz durchs Bein, und der Boden rutscht unter meinen Füßen weg.

12

Der Direx hat sich extra für mich in Schale geschmissen. Heitere Krawatte auf seidigem Hemd, Anzug von Pierre Cardin, dazu Krokoschuhe, gestriegelte Mähne und rosige Wangen. Ein optischer Hochgenuß!

Er ist höchst zufrieden mit sich und trägt die Haltung von einem zur Schau, der eine frohe Botschaft überbringt. In seinem zügellosen Enthusiasmus bemerkt er weder den Stock, auf den ich mich stütze, noch mein Humpeln.

Er reißt die Arme auseinander und ruft: „Welch eine Freude, dich wiederzusehen, Brahim! Ich dachte schon, du wärst mir böse."

Sein Jauchzen hört sich fast so an, daß man Lust hat, es für bare Münze zu nehmen. Er lädt mich ein, es mir auf dem Ledersofa unter der algerischen Fahne bequem zu machen, der Kuschelecke für privilegierte Besucher, und nimmt im Sessel daneben Platz. Seine Hypochonderhand klopft mir mutig aufs Knie. Es sollen freundschaftliche Klapse sein, bleiben aber die des Bosses, der sein räudiges Schaf zu zähmen sucht.

„Willkommen an Bord, Kommissar. Auf allen Decks herrscht Festtagsstimmung."

„Ist mir nicht entgangen." Ich fühle mich unwohl unter seinem brennenden Blick.

---

* *Paradiesjungfrau*

Er steht unvermittelt auf. „Tee oder Kaffee?“

„Beides.“

Er lacht schallend. „Du änderst dich wohl nie?“

„Dann hielte ich mich am Ende noch für jemand anderen.“

„Recht hast du … Und, was macht die Sippe?“

„Zahlt den Preis fürs Kosmopolitentum.“

Er wird nervös. Wenn der Direx etwas nicht kapiert, wird er nervös. Seine Antennen sind hypersensibel wie bei allen, die nur von ihren Beziehungen leben, und schalten, sobald etwas zu hoch für ihn ist, auf Alarm.

„Aber sie wird schon noch auf ihre Kosten kommen.“

„Ah ja …“

Er hat noch immer nicht begriffen. Was schon das einzige wäre, das ihm zur Ehre gereicht. Er läutet dem Amtsdiener, der auf der Stelle auftaucht. „Kaffee und Tee für den verlorenen Sohn.“

Der Amtsdiener buckelt besonders ehrerbietig, um mir zu beweisen, wie glücklich er ist, mich wiederzusehen, und rauscht davon.

„Der gute alte Azziz“, macht der Direx gerührt, „er schätzt dich ganz enorm.“

Ich schaue vielsagend auf die Uhr.

Der Direktor klatscht in die Hände, zufrieden mit sich und der Welt … „Ende gut, alles gut, nicht wahr, Brahim? Man darf die Hoffnung nie aufgeben.“

Ein großes Wort! *Hatte* ich je welche? Ich denke nicht. *Geglaubt* habe ich an die Hoffnung, hartnäckig und verbissen wie die alternde Konkubine, die an die Rückkehr des Geliebten glaubt, der eines Abends Zigaretten holen geht und nicht mehr zurückkommt. Aber ich bin keine Konkubine. Ich habe gelernt, den Hängebrücken, die die Philosophen über den Abgrund spannen, mit Mißtrauen zu begegnen. Es ist wie mit altbackenem Brot, das man unter die Hungernden verteilt, um sie glauben zu machen, man denke an sie. Wenn es der lautstark inszenierten Barmherzigkeit auch gelingt, falsche Samariter in den Rang des Herrgotts zu erheben, so holt der Hunger die Welt doch schnell wieder ein, und die Hoffnung wird ihr zum Verhängnis. Was ist Hoffnung anderes als ein Euphemismus für Resignation, ein schillernder Verzicht, eine langsame, sanfte Agonie, in der die letzte Aussicht auf echte Hilfe und Überwindung des eigenen Mittelmaßes dahingeht?

„Ich habe sie niemals aufgegeben, Monsieur. Wie kann man aufgeben, was man nie besaß?"

„Aber, aber, Brahim, jetzt verdirb uns nicht diesen herrlichen Tag."

„Noch etwas, das mir nicht gehört."

Meine Verbitterung wirft ihn in den Sessel zurück. Er ist aus dem Takt geraten, tastet nach einem Argument... Seine Hand ist verstört, wagt sich nicht mehr an mein Knie heran. Ich kann mir schon denken, was ich für ein Bild abgebe: Eingeschnappt und verbiestert sitze ich da, mit einem dicken Flunsch, und gebe mir keine Mühe, das zu verbergen.

„Verstehe", sagt er müde. „Man hat sich dir gegenüber nicht korrekt benommen? Du fühlst dich hintergangen, verraten? Hör mal, Brahim, nicht jeder weiß zu unterscheiden zwischen Recht und Unrecht, richtig und falsch. Slimane Houbel hat seine Befugnisse überschritten. Er ist größenwahnsinnig. Er denkt, er könne sich alles erlauben, ist überzeugt, er könne seine Nase selbst in Dinge stecken, die ihn nichts angehen. Du sollst wissen, daß nicht wenige sein Verhalten mißbilligt haben. Seine Vorgesetzten haben ihn schroff in seine Schranken verwiesen. Sicher, er hat sich zu rechtfertigen versucht. Er ist nicht davor zurückgeschreckt zu fordern, daß man dich vor einen Disziplinarausschuß stellt, symbolisch, zur Abschreckung für alle, die in Versuchung geraten könnten, deinem Beispiel zu folgen. Ich habe da nicht mitgemacht. Und glaub mir, ich war nicht der einzige. Wir haben unsere Forderungen gestellt: Brahim Llob muß voll und ganz rehabilitiert werden, in seinen Rechten als Polizeibeamter wie in seinem Ruf als Schriftsteller. Und wir haben uns durchgesetzt. Du bekommst nicht nur deinen Posten zurück, außerdem bist du vorgeschlagen für die Polizeimedaille."

Ich rülpse ungehalten.

Diesmal knallt die Hand des Direx mit voller Wucht auf meinen Schenkel nieder: „Die Inquisition, die kann uns mal, Brahim! Wir leben doch nicht mehr im Mittelalter. So viele Algerier lassen heute ihr Leben – und auf welche Weise lassen sie es! Doch wohl nicht dafür, daß solche Operettendespoten nach Lust und Laune mit uns umspringen können!"

„Herr Direktor!" unterbreche ich ihn. „Ich werde Ihnen nie genug für Ihre Unterstützung danken können. Ich weiß, Sie haben Himmel und Hölle in Bewegung gesetzt, um mich zurückzubekommen, nur: Ein echter Berber ist wie ein Karabiner. Wenn er einmal losschießt, gibt's kein Zurück."

„Das wirst du uns doch nicht antun…"

„Hören Sie, lassen Sie uns eine Sekunde lang vernünftig miteinander reden. Ich schleppe mich auf meine sechzig Lenze zu, bin schon fast ein alter Knabe, immer schwieriger zu bändigen. Wird langsam Zeit für mich, das Feld zu räumen. Ich bin es leid, hinter kleinen Ganoven herzurennen, während die großen Gauner über alle Zweifel erhaben sind. Es macht mir keinen Spaß mehr. Ich strecke die Waffen, ich will nach Hause. Ich habe Kinder, die sollte ich mal wieder aus der Nähe sehen, und auch etwas öfter als sonst, und eine Frau, die mehr ist als nur ein Arbeitstier, auch wenn ich das fast vergessen habe, und vielleicht schaffe ich es und sie verzeihen mir, daß ich sie für trügerische Gedankenspiele verschachert habe. Ich will mich ausruhen, Monsieur Menouar, mich mit den einfachen Dingen des Lebens aussöhnen, mich tagelang hinter einem Buch verkriechen oder auch einmal verreisen, die Welt kennenlernen. Es tut mir aufrichtig leid. Nicht daß ich gar keine Lust mehr hätte, aber ich bin nicht mehr mit dem Herzen dabei. Bei uns zu Hause, in den Bergen der Naït-Wali, besteigt kein Reiter mehr ein Roß, das ihn einmal abgeworfen hat."

13

Die Krankenschwester ist sehr nett. Nicht eben von der Natur verwöhnt, dafür ein Herz wie ein Schifferklavier. Sieht aus wie ein altertümlicher Kleiderschrank, der bis vor kurzem noch beim Trödler stand, leicht angestaubt, mit Fettwülsten zwischen Schultern und Ellenbogen und einem massigen, gutmütigen Gesicht. Sie walzt mit der Eleganz eines Eisbrechers durch die Menge und wird im Vorbeirauschen von neckischen Zurufen begrüßt.

„Die Leute hier scheinen Sie ja mächtig zu mögen!" bemerke ich.

„Umgekehrt auch."

„Sie sind bestimmt völlig überlaufen."

„In den anderen Krankenhäusern ist noch weniger Platz. Wir rücken halt zusammen. Nicht sonderlich bequem, aber so hält man sich aufrecht."

Im Gang wimmelt es vor Leuten, die meisten Opfer terroristischer Anschläge. In einem überfüllten Raum läßt sich ein Junge von den Zauberkunststückchen eines alten Arztes unterhalten. Er hat einen grotesken Verband um den Kopf und ein Bein amputiert. Sein Gesichtchen funkelt wie ein Leuchtreif inmitten der allgemeinen Konfusion.

„Sie waren zu elft in der Familie", berichtet die Krankenschwester. „Er ist als einziger übriggebleiben, und auch das nur zum Teil. Innerhalb von wenigen Minuten hat er Vater und Mutter, fünf Schwestern und drei Brüder verloren. Alle bestialisch ermordet. Er selbst hat einen Schlag mit der Machete auf den Kopf gekriegt, einen anderen übers Knie und wurde als tot liegengelassen. Er hat die Nacht im Blut seiner Familie verbracht. Er hat noch kein einziges Wort gesagt. Wir versuchen, ihn abzulenken. Er macht zwar mit, aber alles nur an der Oberfläche. In Wirklichkeit hat sich sein Geist in die tiefsten Schichten seines Ich zurückgezogen und weigert sich hochzukommen."

„Hat er keine Verwandten mehr?"

„Wir sind noch am Suchen ..."

Ein Verletzter hüpft auf seiner Prothese umher und macht mir begeistert Zeichen. „He! Kommissar!"

Der Mann ist groß und kräftig gebaut, mit fleckigem Gesicht. Er muß so um die Dreißig sein, sieht aber zehn Jahre älter aus. Sein rechtes Auge wird ganz von seiner geschwollenen Wange verdeckt. Ich strenge mich an, ihn in meinem Gedächtnis zu orten – umsonst. Er kämpft sich recht und schlecht durchs Chaos und ist sichtlich erfreut, mich hier anzutreffen.

„Erkennst du mich nicht wieder? Wahab aus Bir Mourad Raïs. Ich war im Team von Leutnant Chater."

„Ach ja!" entgegne ich, um ihn nicht zu kränken.

Seine feuchte Hand vergißt sich in meiner. Sein Lächeln wird schmal.

„Molotow-Cocktail", erklärt er verbittert. „Früher habe ich mir nichts dabei gedacht, wenn jemand vom ‚Einfallen der Nacht' sprach. War ganz normal für mich. Jetzt weiß ich, was es wirklich heißt. Die Nächte fallen ein, Kommissar, so wie Menschen fallen. Und das macht so einen Krach da drin", fügt er hinzu, wobei er sich mit dem Finger an die Schläfe tippt. „Ich schwör's Ihnen, man hört einen deutlichen Widerhall ... Eines Abends, als wir auf Patrouille waren, fing unser Panzer plötzlich Feuer und rutschte in den Straßengraben. Und die Nacht fiel in den Graben ein. Schwer zu erklären. Aber ich hab's erlebt. Meine Kollegen sind auch gefallen. Einer nach dem anderen. Hatten keine Alternative. Entweder rauskommen und im Kugelhagel sterben, oder in den Flammen umkommen. Sie haben beides erlebt ... *Alternative* – ich weiß jetzt, was das wirklich heißt. Alles andere als eine Vergnügungsfahrt ..."

Die Krankenschwester kneift mich unauffällig, gibt mir zu verstehen, daß der Knabe nicht ganz dicht sei. Ich bin verunsichert. Ich wage weder meine Hand, die allmählich steif wird, zurückzuziehen, noch ein tröstendes Wort zu sagen. Der Polizist macht nicht den Eindruck, als erwarte er Mitgefühl. Wie Malika Sobhi. Er will nur, daß man zuhört, solange er redet.

„Jetzt achte ich mehr auf diese Dinge. Die Bedeutungsnuancen treten viel schärfer hervor. Die Worte haben einen tieferen Sinn ..."

„Ist gut, Wahab", schaltet die Schwester sich ein. „Wir reden später weiter. Ehrenwort."

Der Verletzte nickt überzeugt. „Einverstanden. Wir reden später weiter. Ehrenwort?"

„Du weißt doch, daß ich Wort halte."

„Stimmt, du hältst Wort."

Zögernd, Millimeter um Millimeter, gibt er meine Hand frei.

„Wahab aus Bir Mourad Raïs, Kommissar. An den wirst du dich noch erinnern ..."

„Und ob!"

„Du wirst ihn in deinem nächsten Buch erwähnen, Kommissar. Wahab, ein Kerl wie Dynamit, so einer war das. Ein Haudegen."

Er weicht zur Seite, um uns vorbeizulassen. Ich höre, wie er in meinem Rücken lautstark mit sich zu schimpfen beginnt:

„Hör auf mit dem Theater, Wahab! Am Ende wirst du noch richtig verrückt. Alles hat seine Grenzen, Wahab. Vorsicht... Hör auf, die Leute in Verlegenheit zu bringen. Mein Rat..."

Die Schwester erklärt: „Er ist nicht immer in diesem Zustand. Nur ab und zu. Er hat einen Schuldkomplex. Er ist der einzige Überlebende der ganzen Patrouillenmannschaft."

Wir gelangen in den Innenhof des Krankenhauses. Lino sitzt unter einer Platane im Schatten und blättert in einer Zeitschrift. Den Fuß hat er in Gips.

„Ein prachtvoller Kerl!" vertraut die Schwester mir an. „Und so witzig. Er hat eine eiserne Moral."

Ich bedanke mich bei ihr. Sie zerquetscht meine Finger in ihrer Faust und kehrt zu ihren Patienten zurück.

Lino schlägt seine Lektüre zu, schiebt die Brille hoch und mustert ausgiebig meinen Krückstock.

„Kriegsverletzung oder Hundescheiße?"

„Krieg..."

„Na, dann sind wir ja quitt. Seit wann bist du zurück?"

„Seit gestern abend."

Er verzieht dramatisch das Gesicht, während er sein Bein bewegt. Er ist gut drauf. Man könnte meinen, er sei reifer geworden, oder vielleicht ist es auch nur der Ansatz eines Schnurrbartes, der ihn älter wirken läßt. Ich fahre ihm durchs Haar. Er weicht meiner verniedlichenden Geste aus. Ich weiß, wie sehr er es haßt, daß man seine Frisur berührt, die direkt aus der Haarpflegemittelwerbung zu stammen scheint, aber ich hatte schon immer eine diebische Freude daran, ihn auf die Palme zu bringen.

„Na, was macht die Verstauchung?"

„Das ist keine Verstauchung!"

„Ist es schlimm?"

„Der Doktor denkt, da man einem Affen beibringen kann, Fahrrad zu fahren, dürfte sein Nachkomme mit Leichtigkeit lernen, wie man einen Rollstuhl bedient." Doch gleich beruhigt er mich: „Alles halb so wild. In ein paar Wochen werde ich problemlos einem parlamentarischen Dickhäuter in den Arsch treten können."

„Wenn du meinst, daß du ihn dadurch von seinem Sitz wegkriegst... Dafür braucht's einiges mehr. – Ich habe dir Schweizer Schokolade mitgebracht."

„Oh, vielen Dank."

Er legt die Tafel auf den Tisch. Seine Nase wirkt irgendwie schlaff. Er macht sich Sorgen. Ich setze mich vor ihn hin und studiere die Mädchennamen, die zwischen Zeichnungen und esoterischen Formeln in den Gips gekritzelt sind.

„Deine Jagdtrophäen?"

„Damit man mich nicht auch noch für lendenlahm hält, wenn ich schon fußlahm bin."

Er macht sich mehr als nur Sorgen, der gute Lino, er ist kreuzunglücklich. Ich kann mir denken, daß er dabei ist, Zeit zu schinden, um das unvermeidliche Ende hinauszuzögern. Seine Bemühungen sind absurd, das weiß er. Das ist ihm klar geworden, sobald er mich gesehen hat. Er weigert sich nur, den Dingen ins Gesicht zu sehen. Sein Finger fährt nervös über den Schnurrbart, bleibt an einem Pickel im Mundwinkel hängen. Neben uns landet ein Sperlingspärchen, vergnügt sich ein Weilchen am Fuß eines Baums und schwingt sich dann in schwindelerregenden Spiralen in den Himmel hinauf.

Lino räuspert sich, zaudert noch ein wenig, dann bricht es aus ihm heraus: „Ewegh hat mir eine phantastische Nachricht überbracht... Ich hoffe, du hast nicht gerade alles wieder kaputtgemacht."

„Tut mir leid."

Er wirft den Kopf in den Nacken. Am strahlend blauen Himmel spielen die zwei Spatzen Fangen, trennen sich, verfolgen einander und finden im gleißenden Licht des Tages wieder zusammen. Lino sitzt mit verkniffenen Lippen da. Nach einem endlosen Schweigen sagt er schluckend: „Ich habe es ja geahnt. Wenn einer mehr Stolz als gesunden Menschenverstand hat..."

„Für beides gibt es in diesem Land keine Verwendung mehr."

Sein Blick schweift hoch zum Wipfel der Platane, über die Umfassungsmauern, hin zu den Genesenden, die über die verbrannte Erde schlendern. Er ballt die Faust. Ein paar Tische weiter dudelt *hawzi*-Musik* aus dem Transistor und füllt die Luft mit schwerer Melancholie.

„Deine Entscheidung ist... unwiderruflich?"

„Das ist keine Kurzschlußhandlung, Lino. Ich habe es mir reiflich überlegt, Für und Wider sorgsam gegeneinander abgewogen, alles bis ins Detail durchdacht..."

Seine Faust knallt auf die Lehne nieder. „Scheiße! Das wird der reinste Saftladen..."

„So darfst du nicht reden. Die Guten gehen, die Besseren rücken nach..."

„Jetzt redest du schon wie diese Idioten von Abgeordneten."

„Hör doch..."

„Stop! Bitte mach's nicht noch schlimmer. Das war doch schon dein letztes Wort. Es reicht, glaub mir."

„Lino..."

„Was Lino? Du mußt dich nicht rechtfertigen. Du hast beschlossen auszusteigen, bitte, das ist dein gutes Recht. Was auch immer du jetzt noch sagst, es wäre pure Heuchelei. Und außerdem, wer bin ich denn, um dich zur Rechenschaft zu ziehen? Wer bin ich schon, kannst du mir das mal sagen? Du hast deine Gründe, ist doch klar. Du bist frei zu handeln, wie es dir beliebt. Allerdings wäre es angebrachter, wenn du sie für dich

---

* *Algerische Musikrichtung, die aus dem klassischen und volkstümlichen Repertoire gleichzeitig schöpft*

behieltest, deine guten Gründe, findest du nicht? Es wäre anständiger, angemessener... Die anderen, was geht die das denn an? Die anderen, die können dich mal."

Er schiebt sich die Krücke unter die Achsel, lehnt schroff jede Hilfe ab und steht auf. Seine Lippen beben. Er merkt, daß Worte seinem Groll nicht gerecht werden können und verzichtet darauf, mir noch weiter welche entgegenzuschleudern. Er zürnt mir so sehr, daß er so tut, als hätte er die Schweizer Schokolade vergessen, die ich extra für ihn gekauft habe. Er dreht sich nicht einmal um, während er sich immer weiter entfernt, einem großen Portal hinten im Hof entgegen.

14

Alle sind sie gekommen: die Freunde und Sympathisanten, die Orthodoxen und die Protestler... Sie stehen dichtgedrängt, um sich einen Logenplatz zu sichern, die einen, weil es was zu gaffen gibt, die anderen, um denen, die nicht da sind, was voraus zu haben. Der große Konferenzsaal im Untergeschoß der Zentrale ist brechend voll. Es ist ein historischer Augenblick. Sie werden dabeisein, wenn man eine Legende entmystifiziert, ein freches Mundwerk stopft, einen taktlosen und rettungslos rückfälligen Polizeikommissar endlich aus dem Dienst entläßt.*

Sogar Haj Garne ist da. Hat ihn Überwindung gekostet, sich seinem Serail der Lesben und Schwuchteln zu entziehen, aber gekommen ist er. Um nichts in der Welt würde er das verpassen wollen. Hämisch leckt er sich sein fransiges Maul, fährt

---

* *Die meisten der im folgenden erwähnten Personen, Gegner oder Freunde von Llob, spielen in „Morituri" und/oder „Doppelweiß" eine Rolle.*

wieder und wieder mit seiner belegten Zunge darüber, um sein Aspiklächeln zu schmieren. Er fühlt sich wie im Himmel: Eine reife Leistung für einen alten Faun, der sich im allgemeinen in den stinkenden Abgründen der Gosse suhlt.

Gleich neben ihm Sofiane Malek, der nur so schlottert vor Glück. Das liebe Miststück, Ghouls vergötterter Neffe, ein kultivierter Paranoiker, der an der Insulinnadel hängt und unentwegt eine Krawatte lockert, die nur in seiner Phantasie existiert, seit er als junger Spund wegen eines altersschwachen Lüsters einen Selbstmord verpatzt hat. Auch er ist gekommen, um mit eigenen Augen die offizielle Amtsenthebung des in der Stadt am meisten verschrienen Polypen zu sehen, und müßte er darüber an Unterzuckerung krepieren. Mit jedem Schritt, den ich näherkomme, beginnen seine Nasenflügel stärker zu beben. Seine Lippen verfluchen mich. Der Blick aus seinen Glubschaugen verbrennt mich fast. In diesem ganz besonderen Moment gäbe er alles, könnte er der entfesselte Blitz des Himmels sein, die vernichtende Wut des Mutanten, der sich für befähigt hielt, die Götter mal eben in die Knie zu zwingen, bis ein ordinärer Süßwasserpolyp daherkam und seinen Olymp wie ein Kartenhaus auffliegen ließ.

„Du bist museumsreif, alte Haut!" keucht er mir ins Gesicht.

„Ich fühle mich sehr wohl, da, wo ich bin", kontere ich, „in deinen Alpträumen nämlich. Nacht für Nacht werde ich dich im Schlaf heimsuchen. Es wird so gräßlich für dich sein, daß du kein Auge mehr zubekommst."

„Das werden wir ja sehen, du Ex."

„Vor mir aus kann es gleich heute nacht losgehen."

Unsere Wimpernspitzen stoßen klirrend gegeneinander, wir stehen Nase an Nase, Atem in Atem. Das Grinsen erstarrt zur Grimasse, und seine Säufervisage beginnt unkontrolliert zu zucken.

„Laß gut sein, mit toten Männern spricht man nicht“, besänftigt ihn Haj Garne. „Exakt!“ pflichtet Sofiane bei, kurz vor dem endgültigen Zusammenbruch. „Was macht man mit Aas? Man pißt drauf, dann bleibt's schön frisch.“

Mit einem ekligen Nachgeschmack auf der Zunge setze ich meinen Weg fort.

Unter den Anwesenden entdecke ich Gesichter von Verbündeten. Sie sind gerührt. Und ich bin nicht mehr allein. Ewegh steht ganz außen in der ersten Reihe, stocksteif, mit vorgerecktem Kinn. Er blickt starr auf die Tribüne, hochmütig und schweigsam wie ein Waran, der reglos oben auf seiner Sanddüne lauert. Rechts von ihm stellt Lino den Rest seiner Würde zur Schau. In seinem granatroten Yves-Saint-Laurent-Imitat sticht er aus der Menge hervor. Von seinem Gips befreit sieht er aus, als wolle er der ganzen Welt in den Hintern treten. Er äugt verstohlen in meine Richtung und wendet den Kopf schnell wieder ab, doch nicht schnell genug, um das unstete Glänzen in seinen Pupillen verbergen zu können. Baya, meine gute Sekretärin, ist bemüht, sich mit ihrer roten Nasenspitze hinterm Taschentuch zu tarnen. Ich zwinkere ihr aufmunternd zu, doch umsonst. Ihre Schultern werden von einem Krampf geschüttelt, und schon fängt sie wieder zu schluchzen an.

Vorne angelangt, nimmt mich Omar Rih in Empfang. Er ist fürs Protokoll zuständig. Ein charmanter Kerl von übertriebener Zuvorkommenheit. Bittet man ihn um ein Glas Wasser, bringt er die ganze Quelle angeschleppt. Rät man ihm, kaltblütig zu bleiben, nimmt er ohne zu klagen eine Unterkühlung in Kauf. Er drückt mir warmherzig die Hand und bittet mich aufs Podium.

Mourad Smaïl verzieht keine Miene, als er meiner ansichtig wird. Ich schätze, Rang und Vermögen entheben ihn der Pflicht, sich fürs Fußvolk zu interessieren. Er ist der gefürchtete Oberboß der ganzen Polizei. Allein sein Name ist ein Trauma. Wo immer man ihn ankündigt, fehlt es bald an Tranquilizern. Er wird gehaßt wie die Pest. Ständig schikaniert er seine Höflinge, ist mit nichts zufrieden und versucht unter dem Vorwand, daß klare Vorstellungen nicht zwangsläufig transparent sein müssen, selbst auf den Glatzen Haare zu spalten. Er ist größenwahnsinnig und von grenzenloser Gewissenlosigkeit. Aus dem Nichts, konkret dem muffigen Büro eines schon halb dienstuntauglich erklärten Aktensortierers hervorgekrochen, fand er sich dank der Gunst man weiß nicht welch bösen Geistes plötzlich als Oberhaupt einer sagenhaften Armada wieder und treibt sie mit dem Stock vor sich her, als wär's der elterliche Viehbestand.

Mein ehrwürdiger Vater, seines Zeichens Kadi und lebenskluger Philosoph, pflegte zu sagen: ‚Es gibt keinen schlimmeren Tyrannen als einen Spucknapfausleerer, der zum Sultan avanciert ist.' Hätte ich ihm nur länger zugehört.

Mourad Smaïl thront nicht allein auf der Tribüne, wiewohl man sich diese Bemerkung besser verkneifen sollte. Wenn Mourad Smaïl nämlich irgendwo zu weilen beliebt, duldet er niemanden neben sich, selbst Gottvater nur mit Müh und Not. Er ist von einer Bande vollgefressener Buddhas umgeben, Statisten, die ihrer Rolle im Halbschlaf frönen, mit Augenlidern, die fast auf den Lippen hängen und Händen, feierlich über dem Bauch gefaltet, was ihrer betonten Askese jene postdigestive Nonchalance verleiht, die den Schlafmützen unter den Königen so teuer ist.

Leicht zurückversetzt, auf seinem Nachbeterplatz, benimmt sich Hédi Salem wie ein Abklatsch vom Boß. Niest, wenn dieser sich schneuzt, kratzt sich wie er am Hals und paßt andächtig auf, daß keine seiner Gesten oder Taten jene des Monsterwesens vor ihm verfälscht oder übertrifft.

Omar Rih weist mir einen Stuhl am Ende der Reihe zu. Der Direx streckt unterm Tisch seine Hand zu mir vor, um mich freundschaftlich zu tätscheln. Wer glücklich leben will, muß versteckt leben. Der Direx versteckt sich, um zu überdauern.

Mourad Smaïl säuft ein Glas Mineralwasser leer, während Hédi Salem hinter ihm wie ein Karpfen schluckt, und schnippt zweimal kurz gegen das Mikro. Der Lärmpegel sinkt. Wer vorn sitzt, wendet den Hals und bittet die Hintermänner, die Klappe zu halten. Endlich Schweigen im Saal. Eine Fliege beginnt in der Stille zu surren.

„Na schön!“ dröhnt Mourad Smaïl los. „Trompeten und Fanfaren sind nicht meine Sache, Lobgesänge auch nicht. Ich mache aus meinem Herzen keine Mördergrube. Ich sage es, wie es ist: ich bin enttäuscht!“

Ringsum schütteln die Buddhas bekümmert ihre Häupter.

„Es ist mir ausgesprochen unangenehm, einem Kollegen in einem Moment Adieu zu sagen, wo die angespannte Sicherheitslage die Mobilisation sämtlicher Kräfte verlangt.“

Hier und da unterdrücktes Murren im Saal, das sich schnell im empörten „Psst!“ der ersten Reihen verliert. Mourad Smaïl betupft sich die Lippen mit einem Papiertaschentuch und läßt sein Auge drohend über den Herd des Aufruhrs schweifen. Langsam kehrt wieder Ruhe ein. Und die Fliege dazu.

„Ich bin kein Diplomat!“ donnert er los. „Meine Schule war die der Härte und Unbeugsamkeit. Das hinterläßt Folgen, doch es schmiedet einen Mann. Ich bin so einer!“ stellt er klar und spaltet mit unsichtbarem Säbel die Luft.

In den vorderen Reihen werden die Kehlen trocken und die Hälse rutschen zwischen die Schulterblätter.

„Wer vom fahrenden Zug springt, riskiert, einen Teil seines Gesichts auf dem Schotter zu lassen. Kommissar Llob weiß das. Deshalb erwartet er von mir auch kein Lob.“

Ich bin entgeistert.

Was am meisten an diesem krankhaft anmaßenden Fettkloß verblüfft, ist nicht die unglaubliche Autorität, die er verströmt, auch nicht die entwaffnende Selbstsicherheit, die er seiner Baraka verdankt, der Aura göttlichen Schutzes, die Menschenfresser seines Formats in der Regel umgibt; was am stärksten frappiert, ist sein Gesicht, das nie den leisesten Zweifel, den leisesten Ausdruck von Bedauern verrät, eine Physiognomie, die einem Totem gleicht, ein Katalysatorengesicht, in dem die Kräfte des Bösen und das krankhafte Bedürfnis es auszuüben zusammenkommen, als ob die einzige Art der Selbstinszenierung darin bestünde, seine Umwelt in Angst und Schrecken zu versetzen, bevor man sie unter einem Schwall ätzender Spucke in Nichts auflöst.

„Kommissar Llob verläßt uns. Das ist bedauerlich. Aber es ist nicht der Weltuntergang. Algerien kennt keine Wechseljahre. Glücklicherweise und Gottseidank."

Er hält kurz inne, verjagt eine Fliege, boykottiert sein Wasserglas. Ihm gegenüber schweißnasse Stirnen, fliehende Blicke.

„Es liegt mir fern, näher auf seine Laufbahn einzugehen. Wir werden dafür bezahlt, daß wir unsere Arbeit tun. Kein Mensch erwartet von uns Barmherzigkeit. Ich schätze, ein jeder weiß, was er tut. Jeder ist selbst verantwortlich. Vor seinen Kollegen und vor der Geschichte. Das Vaterland wird die Seinen schon erkennen... Ich nutze die Gelegenheit, die mir unsere kleine Zusammenkunft bietet, um alle, die dazu neigen, es zu vergessen, daran zu erinnern, daß der Krieg nicht vorüber ist und daß man die Chancen, ihn zu gewinnen, nicht dadurch vergrößert, daß man sich aus dem Staub macht..."

Die Buddha-Riege wiegt fromm das Haupt.

„Der Kommissar ist keine zwanzig mehr. Da ist er übrigens nicht der einzige. Er hat es für richtig gehalten, sich aus dem Rennen zurückzuziehen. Das ist sein gutes Recht. Er wird seine Gründe haben, andere mögen finden, er sei im Unrecht. Im einen Fall wie im anderen betrifft es, trifft es nur ihn... Glück kann ich ihm abschließend keines wünschen. Seinem Glück hat er gerade einen Tritt gegeben. Ich wünsche ihm viel Mut, denn die Pension ist kein leichter Job für einen, der jede Menge Gespenster hinter sich herschleift…"

Er nimmt einen Schluck Wasser und sagt: „Monsieur Menouar, Sie sind an der Reihe. Und bitte machen Sie es kurz."

Der Direx ist bleich. Mit einem derart kurzen Prozeß hat er nicht gerechnet. Er ist völlig überrumpelt, und die Rede, die er sorgsam auf drei Blatt zu Papier gebracht hat, kommt ihm mit einem Mal ganz unwirklich vor, dubioser als eine Alchimistenformel.

„Bitte, Monsieur Menouar!" Mourad Smaïl wird ungeduldig.

Der Direx taut nur mit Mühe aus seiner Erstarrung auf. Er wankt ans Rednerpult und betastet linkisch das Mikro, bis Omar Rih ihm schließlich zu Hilfe kommt. Als nächstes verheddert er sich auf der Suche nach einem unauffindbaren Taschentuch, gibt irgendwann auf und wendet sich seinen Blättern zu, die überflüssig geworden sind und nur stören. Die Schlinge des Schweigens zieht sich enger zu, macht ihn noch nervöser. Er räuspert sich, um einen hartnäckigen Kloß aus dem Hals zu entfernen, atmet tief durch und fängt mit unsicherer Stimme an: „Der Herr Generaldirektor hatte recht, nicht näher auf die Laufbahn von Kommissar Llob einzugehen. Sinnigerweise fällt diese Aufgabe, so undankbar sie sein mag, mir zu."

Jetzt hat er keine Puste mehr. Er verhaspelt sich, konzentriert sich, steigt in die tiefsten Tiefen seines Ich herab, um von dort einen Mut hochzuholen, dem er vor langen Jahren abgeschworen hat, da er nicht die Empfindsamkeit einer Hierarchie verletzen wollte, die an die Unterwürfigkeit und stumme Ergebenheit ihrer Subalternen gewöhnt ist. Der Direx ist sich des Risikos bewußt, das er im Begriff ist einzugehen. Ich ahne, wie er unter Schmerzen den Stein des Sisyphus vor sich herrollt, aber er läßt nicht los und erklimmt, Stufe um Stufe, den Berg der Unsicherheiten. Mit schweißnasser Stirn und ausgedörrter Kehle ringt er nach Worten inmitten des Sturms. Seine Hände sind feucht vom Umklammern der allgemeinen Aufmerksamkeit, seine Adern geschwollen unter der Blicke Last. Er holt Luft, tief und tiefer, hebt die Augen auf und läßt den Blick über die versammelte Zuhörerschaft gleiten, dann hin zu mir. Ich lächele ihm zu, und wie von Zauberhand befreit er sich aus den Klauen der Angst und legt los:

„Es ist höchst anmaßend, über andere urteilen zu wollen. Vorausgesetzt, man ist ihnen überhaupt ebenbürtig, ist es wert, sie zu führen, hat ihren Gehorsam und ihr Vertrauen verdient. Chef zu sein, setzt voraus, den anderen etwas voraus zu haben, Weisheit vielleicht, mehr Diensteifer oder größere Weitsicht; etwas im guten Sinn Überlegenes, das ihre Bereitschaft rechtfertigen kann, den verschrobensten Anweisungen Folge zu leisten, nicht zu meckern und gewisse Überschreitungen hinzunehmen, die jemand begeht, den Vorschriften und Konventionen als unantastbar hinstellen. Mit Brahim war das keine leichte Sache. Ich war ein gutes Jahrzehnt lang sein Chef, und unser Verhältnis war nicht immer ungetrübt. Wir haben uns manchmal angebrüllt, bis uns die Stimme versagt hat, wir haben oft gar nicht mehr miteinander geredet. Die grauen Haare auf meinem Kopf, die habe ich ihm zu verdanken. Ich habe mir wegen ihm manche Abreibung geholt. Und was bleibt jetzt von alledem? Eine Abschiedsrede, die ich improvisieren muß, denn die Worte, die ich gestern vorbereitet habe, sind heute schon Makulatur … Was sagen über Kommissar Llob, hier und jetzt, ganz spontan, auf die Gefahr hin, sich ungeschickt auszudrücken oder vielleicht resigniert zu klingen? Werden meine Worte auf der Höhe seiner Taten sein? Ich fürchte nein. Und so wäre ich Ihnen dankbar, wenn Sie mir vergeben wollten, falls auch ich nicht immer auf der Höhe des Augenblicks sein sollte. War Brahim ein guter Polizist? Ich glaube schon. Ein schwieriger Untergebener, das ja, aber ein hervorragender Polizist. Hatte er recht, das eine zugunsten des anderen zu vernachlässigen, hatte er unrecht? Eines ist gewiß: Er horchte auf sein Gewissen, und das ist alles andere als selbstverständlich. In einem Algerien, das verzweifelt auf der Suche nach sich selber war, ging Brahim, gleich ob im Schatten oder im Rampenlicht, während jeder um seinen Platz an der Sonne buhlte, aufrecht und geradlinig seinen Weg. Verführerische Angebote, Aussicht auf Profit, gute Gelegenheiten, die andernorts Diebe machen, all dem ist er nie erlegen. Und das wird man ihm nie verzeihen. Brahim hielt unbeirrbar Kurs auf das, was ihm loyal und gerecht erschien; alles andere hatte wenig Bedeutung für ihn. Er legte von Anfang an seine Marschroute fest und hat sie sein Leben lang eingehalten, couragiert und uneigennützig. Heute hat er nichts zu bereuen. Er war erfolgreich. Er ist mit sich und seinem Gewissen im reinen, und das, das können leider Gottes nicht viele unter uns von sich behaupten … Was soll man sagen über einen Mann, der eine Laufbahn als Ordnungshüter angetreten hat, um tatsächlich ein Hüter der Ordnung zu sein, der mit aller Kraft an Recht und Gerechtigkeit geglaubt und schwer geschuftet hat, um ihr würdiger Diener zu sein, während andere sie schamlos für sich selbst zurechtbogen, der elementarsten Regeln von Anstand und Sitte spottend? Nichts. Man sagt nichts. Man schweigt und schaut zu. Das Schamgefühl verlangt, daß man vor so viel aufrechtem Sinn verstummt. Vor allem, wenn er einem selber abgeht."

Er dreht sich zu mir um, sieht mich eindringlich an. Seine Augen glänzen, die Blätter in seiner Hand sind völlig zerknüllt:

„Brahim, mein Freund, falls es überhaupt jemanden gibt, der es verdient hat, Polizist zu sein, mit einem P, das so hoch wie eine Säule ist, dann du."

Der hintere Teil vom Saal erbebt in einer ohrenbetäubenden Ovation. Die Euphorie setzt sich nach und nach bis in die vorderen Reihen fort, überschwemmt zuletzt die Tribüne. Einer der Buddhas steht plötzlich auf und klatscht so ungestüm Beifall, daß er sich fast die Handflächen wundreibt. Reihe für Reihe erhebt sich der Saal in schallendem Gejohle. Lino pufft Ewegh in die Seite, um ihn aufzuwecken, und zwinkert mir zu. Bayas Jubeltriller spritzen hoch auf wie Wasserstrahlen. Der Direktor kommt mir mit weitgeöffneten Armen entgegen, und das trotz der vergrätzten Miene von Mourad Smaïl. Ich erhebe mich, um mich mit ihm ins Getümmel zu stürzen.

„Vielen Dank", stammle ich. „Ich bin zutiefst gerührt."

Nach der Zeremonie wollen Leutnant Chater und sein Ninja*-Trupp unbedingt Erinnerungsfotos mit mir im Hof der Zentrale schießen. Andere Weggefährten kommen hinzu, um mich zu beglückwünschen und moralisch aufzurüsten. Capitaine Berrah von der Geheimdienstzentrale, der den Höhepunkt des Spektakels aufgrund einer technischen Panne verpaßt hat, stößt dazu, als ich mich gerade verabschieden will. Sein Rochengesicht hat er hinter einer Sonnenbrille versteckt, was mich ungemein beruhigt. Eweghs Ausrutscher** ist dabei, sich in eine halb vergessene falsche Bewegung zu verwandeln, denn die Plattnase nimmt langsam wieder Gestalt an. Er läßt sich sogar fotografieren, erst mit mir, dann zwischen Lino und den Targi geklemmt, wodurch ein sinnloses Ressentiment begraben wird.

Inspektor Bliss nähert sich schüchtern lächelnd auf Zehenspitzen. Er wartet geduldig, bis der Fotograf seine Utensilien verstaut hat, dann baut er sich vor mir auf. Seine Nagetierhand betastet einen Sticker in den algerischen Nationalfarben, den er am Jackettkragen trägt.

---

* *algerische Spezialeinheit zur Terroristenbekämpfung*

** *siehe die Szene in „Doppelweiß", in der Ewegh den Geheimdienstoffizier Berrah zusammenschlägt*

„Ich frage mich bloß, an wem ich mich jetzt schadlos halten soll, wo du mir zwischen den Fingern durchflutschst, Kommissar."

Es ist das erste Mal, daß er mich Kommissar nennt. Er ist sichtlich bewegt. „Dich habe ich lieber als jeden anderen verpfiffen", schiebt er mit belegter Stimme nach. Er löst den Sticker mit flatternder Hand vom Revers und steckt ihn mir an die Brust. „Hat mir mein Sohn an einem 5. Juli geschenkt. Heute schenke ich ihn dir. Ich nehme nicht den ersten Platz in deinem Herzen ein. Ich werde mich mit einem Quadratzentimeter auf deiner Jacke begnügen. Mehr braucht's nicht, um mich glücklich zu machen, glaub mir."

Er legt mir die Hände auf die Schultern, küßt mich flüchtig. „Wirst mir fehlen." Und macht sich aus dem Staub, unfähig, seine Rührung zu unterdrücken.

Während er sich betrübt seinen Weg durch die Menge bahnt, frage ich mich, ob Feindschaft letztlich vielleicht nur auf einem banalen Mißverständnis beruht, einem fatalen Kommunikationsproblem.

Lino schlägt vor, im *Rimmel* weiterzufeiern, einem schicken Restaurant an der Küste. Ich erkläre ihm, daß mir sehr viel mehr danach zumute ist, mich einfach treiben zu lassen. Es ist ein prachtvoller Tag, und es täte mir gut, eine Weile Zwiesprache mit meinem Schatten zu halten. Er dringt nicht weiter in mich und verspricht, gegen Abend bei mir vorbeizuschauen.

„Versuch dich nicht schon vorher zu besaufen."

„Werde tun, was ich kann..."

Ich habe mich durch eine kleine im Efeu versteckte Tür abgesetzt, meinen Wagen vom Parkplatz geholt und bin den ganzen Vormittag durch die Straßen gekurvt. Gegen Mittag bin ich in einem Bistro zu Füßen des Märtyrerdenkmals eingekehrt und habe drei Sandwiches mit Merguez verdrückt, ein halbes

Dutzend Zigaretten gequalmt und mir danach einen anständigen Kaffee auf der Terrasse vom *Oasis* genehmigt, im Schatten regenbogenfarbener Sonnenschirme. Gegen fünfzehn Uhr bin ich zur Moutonnière* zurück und habe einer Gruppe Clochards beim Streiten zugesehen. Ihr unverständliches Gezänk sprudelte aus den Wellen hoch und zerfranste weit hinten am Horizont, aufgesogen vom Tumult des Mittelmeers.

Das Meer ist in Trance. Es wirft seine Sturmstrupps ans Ufer, versucht, die Felsen zu zerbröckeln, macht Vorstöße und Rückzieher, die niemanden täuschen. Eines schönen Tages werde ich mir Angeln kaufen und von der alten Landungsbrücke herab den Fischen auflauern. Ich werde mir einen Sonnenhut überstülpen und von früh bis spät mit meinen Kindern plaudern. Mina wird mir zusehen, wie ich unermüdlich meine Köder auswerfe, einen immer weiter als den anderen, und jede meiner Handbewegungen wird unter ihrem Blick zu einer Heldentat. Später werden wir am Strand die gefangenen Fische grillen. Der Abend wird es nicht leicht haben, uns aus unseren Träumen zu reißen.

Ein Spaziergänger fragt mich nach der Uhrzeit. Seltsamerweise ist meine Uhr um fünf nach halb vier stehengeblieben. Ich werfe mir die Jacke über die Schulter und mache mich Richtung Stadt auf den Weg, entlang der Küstenpromenade, quer durch Bab El-Oued und die Kasbah, und parke zuletzt an der Place des Martyrs. Auf der Suche nach ich weiß nicht was. Algier ist manchmal wie eine Dunkelkammer. Ein einziger Lichtstrahl könnte alles verderben.

Ich muß an Serdj denken, den sie in einer vorgetäuschten Straßensperre einen Kopf kürzer gemacht haben, an seinen Jüngsten, der bei der Trauerfeier hinter einem Fahrradreifen herlief, ohne zu begreifen, warum so viele Leute im Haus

---

* *Name der Schnellstraße, die nahe der Küste vom Flughafen zur Stadt führt*

waren. Einen Seufzer weiter steht mir eine zertrümmerte Bar vor Augen. Selbstgebastelte Bombe. Eine Schule erinnert mich daran, daß sie auf Schüler geschossen haben, die kaum den Windeln entwachsen waren. Eine Toreinfahrt erzählt mir die Geschichte des jungen Rekruten, der nie die Pensionärsfreuden des Kegelns kennenlernen wird. Nichts als Tragödien auf meinem Weg, nichts als tragische Mißverständnisse...

Ich erinnere mich an den Tag, an dem ich zum ersten Mal den Fuß nach Algier gesetzt habe. Es war ein Freitag. Der ächzende Bus, der mich auf dem Umweg über Ghardaïa aus Igidher entführt hatte, kam genau in dem Moment auf dem Place du 1er Mai zum Stehen, als der Muezzin zum *Dohr*-Gebet rief. Ich hatte meinen Koffer am Eingang der Moschee abgestellt. Nach dem Gebet stand er immer noch da, nur eine Spur zur Seite geschoben, um den Zutritt in den Gebetsraum freizuhalten. Das war 1967, zu einer Zeit, da man die Nacht verbringen konnte, wo sie einen überraschte, ohne um seinen Geldbeutel bangen zu müssen, geschweige denn um sein Leben.

An jenem Freitag übertraf der Frühling sich selbst. Die Balkons standen in vollem Blütenschmuck, und die Mädchen, eingehüllt in milchige Siegesbanner, dufteten wie Blumenwiesen. Es war die Zeit, da der Zufall die Tage nach dem Vorbild des lieben Gottes schuf – glückliche Tage. Die Straßen luden mich ein, an ihrem Glück teilzuhaben, breiteten Geschäfte, Schaufenster, Grillbuden und lauschige Plätze vor mir aus; und ich, der kesse Bauernjunge in seinem billigen, übergroßen Tergalanzug, der mit seinen breiten Streifen wie ein Sträflingshemd wirkte, in seinem Hemd, dessen gestärkter Kragen das halbe Revers verdeckte, ich paradierte stundenlang umher, mächtig stolz auf mein Cowboy-Koppel mit der mächtigen Gürtelschnalle, auf der zwei versilberte Winchester prangten. Mein Herz schlug beim kleinsten Lächeln auf Frauenlippen höher, ich war in jeden weiblichen Vornamen verliebt.

Mit meinem Gesicht eines Dorfgigolos und meinen nagelneuen Inspektorstressen machte ich mich daran, die Herzen zu erobern. Ich war achtundzwanzig und hatte genausoviel Gründe, die mich glauben ließen, Algerien sei mein.

Und eines Tages, während ich mich als Liebhaber von ganz Algier fühlte, begegnete ich Mina. Im hintersten Winkel der Kasbah, bei einem Färber. Ich war gekommen, um mir eine Krawatte für den Samstagabend auszuleihen. Sie war schon da und wartete auf den Burnus ihres Vaters. Es war ein magischer Moment, von höchster Intensität. In ihren weißen Schleier gepfercht und von meinen dreisten Blicken verschreckt, suchte sie mich mit ihrem Blick in die Schranken zu weisen, wie es sich für Töchter aus besserem Hause geziemt. Aber Mina hatte keinen Blick, sondern riesengroße Augen, die mich rettungslos verzauberten. Seither sehe ich immerzu diese Augen vor mir, wenn die Sonne aufgeht, wenn sich ein hinreißender Anblick auftut, diese Augen, die so schön sind, daß ich mich von ihnen überzeugen ließ, daß die Liebe zu einer einzigen Frau alle Liebe der Welt umfaßt.

Und heute, was blieb vom Algier jener Tage übrig? Die Geschichte wird von der Tragödie Algeriens die Erinnerung an den Irrweg eines Volkes bewahren, das wie unter Zwang stets dem falschen Guru nachlief, und die Erinnerung an eine Affenhorde, welche, die Gunst der Stunde nutzend, sich mangels Stammbaum auf Brotbäume und Galgen spezialisierte. In einem Land, mit dem sich alles machen ließ – nur kein Staat.

* * *

Es ist zwanzig Uhr zehn, als Leutnant Lino in der Rue des Frères-Mostefa eintrifft. Die Gehwege sind schwarz vor Menschen. Lichter von Polizeiautos kreisen langsam durch die Nacht, lassen ihren bläulichen Schein über die Fassaden huschen. Von den Balkonen herab beobachten die Familien in unerträglichem Schweigen das Treiben auf der Straße.

„Was ist denn jetzt schon wieder los?" brummt Lino und stellt sein Auto eilig am Bordstein ab. Ein Polizist macht ihm Zeichen, zu verschwinden. Lino zückt seine Dienstmarke.

„Was ist hier los?"

Ohne auf Antwort zu warten, steigt er aus und geht auf die Menge zu, immer schneller, je näher er dem Ort des Geschehens kommt, läuft schließlich mit wild klopfendem Herzen drauflos.

Er schiebt die Gaffer zur Seite, bahnt sich seinen Weg bis zum Gebäude mit der Hausnummer 51. Der Anblick, der sich bietet, verschlägt ihm den Atem.

„Nein, das ist nicht wahr", stammelt er ungläubig, während ihm der Boden unter den Füßen wegrutscht.

Ein Mann liegt am Boden: Es ist Kommissar Llob. Er hat die Augen verdreht, den Mund weit aufgerissen, den Brustkorb grauenvoll zerfetzt.

Lino tastet nach einem Halt, lehnt sich gegen die Mauer, um nicht zusammenzusinken. Doch seine Beine geben nach; er rutscht in Zeitlupe zu Boden, vergräbt den Kopf in beiden Händen und krümmt sich zusammen. Aus weiter Ferne hört er, wie jemand sagt:

„Sie haben aus einem vorbeifahrenden Wagen auf ihn gefeuert. Sie haben ihr ganzes Magazin leergeschossen. Sie ließen ihm keine Chance."

Bilder eines „unsichtbaren“ Krieges

Nachwort von Beate Burtscher-Bechter

Als in Frankreich im März 1997 mit *Morituri* (dt. *Morituri*, 1999) der erste Band der Kriminalromantrilogie um Commissaire Llob unter dem weiblichen Pseudonym Yasmina Khadra erschien, wurden bereits erste Zweifel laut, ob die in rauhem Ton geschilderten Ereignisse und die ungeschminkte Darstellung blutiger Auseinandersetzungen tatsächlich aus der Feder einer Frau stammten. Hartnäckig hielten sich auch nach der Veröffentlichung von *Double blanc* (1997, dt. *Doppelweiß*, 2000) und *L'Automne des chimères* (1998, dt. *Herbst der Chimären*, 2001), dem zweiten und dritten Band der Trilogie, die unterschiedlichsten Gerüchte um die Identität des Autors.

Die Überraschung war dennoch groß, als Yasmina Khadra im September 1999 in einem Exklusivinterview für die französische Tageszeitung *Le Monde* gestand, daß sich hinter dem weiblichen Pseudonym ein Mann verberge, der sich nach wie vor in Algerien aufhalte und aus Sicherheitsgründen zur Anonymität verurteilt sei.

Noch größer war das Erstaunen, als der Autor im Jänner 2001 vor die französische Öffentlichkeit trat und seine wahre Identität preisgab: Mohammed Moulessehoul – so der richtige Name des Autors – diente bis zu seiner Emigration im Herbst 2000 als hoher Offizier in der algerischen Armee. Parallel dazu war er viele Jahre hindurch als Schriftsteller tätig und hatte in Algerien bereits mehrere Romane unter seinem richtigen Namen publiziert. Als er sich Ende der achtziger Jahre aufgrund eines dementsprechenden Erlasses gezwungen sah, seine Schriften vor der Veröffentlichung einer Zensurbehörde zu unterwerfen, entschied er, eher mit dem Schreiben aufzuhören, als sich solchen Maßnahmen unterzuordnen.

Schließlich gab der Autor seine Werke ab diesem Zeitpunkt unter einem Pseudonym heraus. So erschienen Anfang der neunziger Jahre zwei Kriminalromane (*Le Dingue au bistouri*, 1990, und *La Foire des enfoirés*, 1993) unter dem Namen Commissaire Llob in Algerien. Daß die folgende Kriminalromantrilogie unter einem weiblichen Pseudonym veröffentlicht wurde, ist anderen Umständen zuzuschreiben: Da sich die Ehefrau des Autors um die Veröffentlichung seiner Werke im

Ausland kümmerte (aufgrund der angespannten Lage und der bürgerkriegsähnlichen Auseinandersetzungen in Algerien war es undenkbar geworden, die Werke im Land selbst zu publizieren), mußten die Verleger annehmen, es mit einer Autorin zu tun zu haben. Die Gattin des Autors nahm aber nicht nur dessen Geschäfte in die Hand, sie „schenkte" ihm auch ihren Namen: „Tu m'a donnée ton nom pour la vie, je te donne le mien pour la postérité. – Du hast mir deinen Namen fürs Leben gegeben, ich gebe dir den meinen für die Nachwelt." Auch wenn die Identität des Autors heute bekannt ist, hat er sich dafür entschieden, seine Werke weiterhin unter dem Pseudonym Yasmina Khadra zu veröffentlichen; dies aus Dankbarkeit, aber auch aus Respekt vor dem Mut und der Tapferkeit, die die algerischen Frauen im gegenwärtigen Konflikt aufbringen.

So sind nach den zuvor genannten Büchern drei weitere Romane des Autors unter dem Namen Yasmina Khadra erschienen: In *Les Agneaux du Seigneur* (1998) und *A quoi rêvent les loups* (1999, dt. *Wovon die Wölfe träumen*, 2002) setzt er die in seinen Kriminalromanen begonnene Beschreibung und Analyse der Kriegsereignisse in Algerien fort; in *L'Ecrivain* (2001), jenem autobiographischen Roman, den er parallel zur Preisgabe seiner Identität im Jänner 2001 veröffentlichte, zeichnet er seinen militärischen Werdegang nach, der im Alter von neun Jahren begann, als sein Vater ihn in der Kadettenschule von El Mechouar allein zurückließ.

Die fünf Werke, die Yasmina Khadra in der zweiten Hälfte der neunziger Jahre veröffentlicht hat, bilden eine thematische Einheit, ging es dem Autor doch darum, unterschiedliche Aspekte des blutigen Konflikts, der seit mehr als einem Jahrzehnt Algerien erschüttert, ans Licht zu bringen und unverblümt zu dokumentieren. So entlarvt er in seinen Kriminalromanen die Rolle korrupter Regierungsmitglieder, die aufgrund ihrer Inkompetenz und Bestechlichkeit den Aufstieg der algerischen Finanzmafia ermöglichten, und macht deutlich, daß die Mitglieder dieser kriminellen Organisation wichtige Schaltstellen innerhalb des Staatsapparates besetzen und als die wahren Drahtzieher des Konflikts anzusehen sind. In *Les Agneaux du Seigneur* beschreibt Khadra, wie die Hoffnungslosigkeit weiter Bevölkerungsteile zur Plattform fundamentalistischen Gedankenguts wird und ein ganzes Dorf in die Maschinerie der Gewalt stürzt. Aus der Sicht eines fundamentalistischen Führers stellt der Autor in *A quoi rêvent les loups* schließlich die Motive dar, die einen jungen Mann zu einem grausamen Mörder im Namen Gottes machen.

Explizit thematisiert Yasmina Khadra die kriegerischen Auseinandersetzungen in Algerien, die den Angaben des derzeitigen algerischen Präsidenten Abdelaziz Bouteflika zufolge schon über 100.000 Menschenleben gefordert haben. Diese literarischen Darstellungen erweisen sich als um so interessanter, als dieser Konflikt sowohl für Analysten als auch für Außenstehende immer undurchsichtiger und verworrener erscheint, je länger er andauert.

Der Grund dafür liegt unter anderem darin, daß dieser Krieg nur wenige Anhaltspunkte bietet, die eine kohärente Darstellung ermöglichen. So gibt es beispielsweise kein eindeutiges Ereignis, das den Beginn der Auseinandersetzungen markiert. Der Ausbruch des Krieges erfolgte schrittweise und reicht bis 1988 zurück, als sich im Oktober der aufgestaute Zorn der algerischen Bevölkerung in einem spontanen Aufstand entlud. Auf offener Straße protestierten die Algerier gegen Korruption und Mißwirtschaft des seit der Unabhängigkeit im Jahr 1962 allein regierenden FLN *(Front de libération nationale – Nationale Befreiungsfront)*. Das Volk verlangte politische und wirtschaftliche Reformen und forderte Freiheit und Demokratie.

Angesichts der massiven Proteste wurde ein Prozeß eingeleitet, der eine Liberalisierung des Parteiensystems nach sich zog und zu einer Legalisierung des bis dahin verbotenen FIS *(Front islamique du salut – Islamische Heilsfront)* führte. Der überlegene Wahlsieg dieser neuen Oppositionspartei bei den Kommunalwahlen des Jahres 1990 und der hohe Stimmenanteil, den der FIS im ersten Wahlgang der Parlamentswahlen 1991 für sich verbuchen konnte, brachten die Unzufriedenheit weiter Bevölkerungskreise mit dem immer noch regierenden FLN und seinem korrupten Beamtenapparat erneut zum Ausdruck.

In der Folge wurde Präsident Chadli Benjedid am 11. Jänner 1992 von der Armee zum Rücktritt gezwungen und der zweite Wahldurchgang annulliert. Neben den Oktoberaufständen des Jahres 1988 markiert dieses Datum einen weiteren Schritt hin zu jener bewaffneten Auseinandersetzung, die bis heute andauert.

Nach der Übernahme der Macht durch das algerische Militär wurde ein *Haut Comité d'Etat (Hohes Staatskomitee)* eingesetzt, um die Staatsgeschäfte zu lenken. Mit Mohamed Boudiaf trat ein ehemaliger Befreiungskämpfer im Unabhängigkeitskrieg gegen die französische Kolonialmacht und historischer Führer des FLN an die Spitze dieses Komitees, um die dringend notwendigen Reformen im Land einzuleiten. Die Ermordung von Mohamed Boudiaf am 29. Juni 1992 in Annaba durch ein Mitglied des Sicherheitsdienstes stürzte das Land endgültig ins Chaos und bildet somit die letzte Etappe auf dem Weg Algeriens in den Bürgerkrieg.

In den Sommermonaten des Jahres 1992 erschütterte eine erste Welle von Terroranschlägen das Land, die in einen bewaffneten Kampf zwischen verschiedenen militanten Gruppierungen der Fundamentalisten und der Armee mündeten. Unter General Liamine Zéroual, der 1994 zum Staatspräsidenten ernannt wurde, erreichten der blindwütende Terror und die Kämpfe zwischen den Fundamentalisten und den Militärs einen weiteren traurigen Höhepunkt. Mit seinem Aufruf zur nationalen Aussöhnung und der Begnadigung Tausender inhaftierter Fundamentalisten ließ der im April 1999 neu gewählte Staatschef Abdelaziz Bouteflika Hoffnung auf eine Aussöhnung aufkommen. Die Terroranschläge in der ersten Hälfte des Jahres 2001 machten diese Hoffnungen aber weitgehend zunichte.

Die Tatsache, daß sich die Fronten zwischen der algerischen Regierung und den Militärs auf der einen Seite und den fundamentalistischen Gruppierungen auf der anderen Seite im Laufe des Konflikts mehr und mehr verwischt haben und es sich auch nicht um einen „klassischen" Bürgerkrieg handelt, in dem sich zwei Interessensgruppen oder deren organisierte Armeen gegenüberstehen, macht eine Einschätzung der Situation sehr schwierig. Wie bei vielen innerstaatlichen Auseinandersetzungen sind auch in diesen verworrenen Krieg zwischen den algerischen Militärs und den Fundamentalisten zahlreiche andere Konflikte verwoben, ohne deren Kenntnis eine umfassende Beurteilung der Lage unmöglich ist und die die Gesamtsituation noch undurchsichtiger erscheinen lassen: So spielen bei den kriegerischen Auseinandersetzungen Machtkämpfe unterschiedlicher Clans eine wesentliche Rolle; weiters wird der Krieg maßgeblich von wirtschaftlichen Interessen mitbestimmt, vor allem von jenen der großen Konzerne, die die Erdölförderung im Süden des Landes kontrollieren; schließlich spiegelt sich im Konflikt auch die lange Geschichte eines Landes, die von Gewalt gekennzeichnet ist.

Hinzu kommt, daß sich in Algerien im Verlauf vieler Jahre eine mächtige Finanzmafia durch Korruption und Gewinne im Erdölgeschäft ein regelrechtes Imperium aufbauen konnte und bis heute ihren Einfluß und ihre Macht auf höchster politischer Ebene geltend macht. Ihre Angehörigen sind die wahren Regenten des Landes, und sie nehmen auch innerhalb des Konflikts eine einflußreiche Position ein. Die blutigen Kämpfe haben all diese Probleme nach und nach ans Licht gebracht. Dennoch bleiben die Interessen, die in den bürgerkriegsähnlichen Auseinandersetzungen verfolgt werden, weitgehend undurchschaubar. Das grausame Morden entbehrt jeder Logik, und es bleibt unmöglich, den wahren Grund für das Blutvergießen festzumachen. Wie bei jedem Konflikt profitieren einige wenige von den Auseinandersetzungen; die Vermutung dürfte stimmen, daß vor allem sie es sind, die den Krieg, in dem es längst nicht mehr um konkrete Inhalte geht, aus skrupelloser Profitgier in Gang halten. Darüberhinaus hat der Konflikt mittlerweile eine große Eigendynamik entwickelt, die es noch schwieriger macht, dem Grauen ein Ende zu bereiten.

Die „Undurchsichtigkeit" des Konflikts wird durch seine „Unsichtbarkeit" verstärkt, wie der bekannte Historiker und renommierte Algerienspezialist Benjamin Stora in seinem jüngst erschienen Buch *La guerre invisible. Algérie, années 90* (Paris 2001) verdeutlicht. Obwohl die kriegerischen Auseinandersetzungen zwischen der algerischen Armee und den unterschiedlichen fundamentalistischen Gruppierungen schon mehr als zehn Jahre andauern, bleiben die Bilder, die an die Öffentlichkeit dringen, auf einige Ausnahmen beschränkt. Nur wenige Fotos und Filmaufnahmen dokumentieren die Situation in dem krisengeschüttelten Land und die Grausamkeit, mit der dieser Krieg geführt wird. In einer Zeit, die von einer medialen Bilderflut geprägt ist, wirkt ein Krisenherd, von dem es kein Bildmaterial gibt, unfaßbar und suspekt. Angesichts des Fehlens von Bildern scheint sich der Konflikt irgendwo in einer unsichtbaren Welt abzuspielen, und die Berichte von blutigen Attentaten und grausamen Massakern, die an die Öffentlichkeit gelangen, werden von einer Aura der Unsicherheit, der Irrealität und des Zweifels umgeben.

Die verfeindeten Gruppen in Algerien sind durchaus daran interessiert, daß der Krieg weiterhin „unsichtbar“ bleibt. Für ausländische Berichterstatter ist es nahezu unmöglich, ein Visum zu erhalten, und die Journalisten, die sich vor Ort befinden, werden durch restriktive Gesetze und Erlässe in Schach gehalten. Neben den Verboten, die von Seiten der algerischen Regierung ausgesprochen werden, sind sie den Drohungen der Fundamentalisten ausgesetzt und damit auch auf diese Art zum Schweigen verurteilt.

Dennoch – oder gerade deshalb – sind im vergangenen Jahrzehnt so viele Werke algerischer Autoren und vor allem Autorinnen erschienen wie nie zuvor. Vor allem Frauen haben ihre Kriegserlebnisse in autobiographischen Schriften verarbeitet und Zeugnis abgelegt von den Greueln dieses Konflikts. Viele von ihnen sind zwischenzeitlich wieder verstummt, war doch für sie das Schreiben weniger ein literarischer Akt als vielmehr eine Möglichkeit, die Erlebnisse persönlich zu verarbeiten. Parallel dazu brachte der Konflikt aber auch eine neue Generation von Autoren hervor, welche für die algerische Literatur ungewöhnliche Darstellungsweisen wählten, um die Grausamkeit und die Undurchsichtigkeit dieses Krieges zu vermitteln. Zu letzteren zählt auch Yasmina Khadra, greift der Autor mit der Gattung des Kriminalromans doch zu einem für Algerien untypischen Genre, um die Hintergründe des Blutvergießens zu beleuchten.

Die Anfänge des algerischen Kriminalromans in französischer Sprache finden sich zu Beginn der siebziger Jahre, als eine Reihe von Spionageromanen den Grundstein für die Verankerung der Gattung in Algerien legte. Erst zwei Jahrzehnte später erreichte das Genre mit den Romanen von Yasmina Khadra sprachlich, inhaltlich und formal ihren ersten Höhepunkt. Mit dem *roman noir*, einer Untergattung des Kriminalromans, in dem die beiden Handlungsstränge von Verbrechen und deren Aufklärung parallel verlaufen, fällt die Wahl des Autors auf ein Genre, das sich weiters dadurch auszeichnet, daß die Ermittlungen mit der Enthüllung und Darstellung spezifischer soziokultureller Aspekte verknüpft werden. Die Gattung enthält also ein kritisches Potential, das Yasmina Khadra vor allem in *Morituri* und

Doppelweiß für die Darstellung des Konflikts in Algerien voll ausschöpft. Diese *littérature de temps de crise (Literatur der Krisenzeit),* wie Jean-François Vilar den *roman noir* bezeichnet, bringt im Vergleich zum klassischen Rätselroman à la Agatha Christie auch keine definitiven Lösungen mehr, und es gelingt den Helden am Ende der Romane nur noch vereinzelt, die wahren Täter zu fassen und die alte Ordnung sowie die damit verbundene Sicherheit wieder herzustellen. Ermittlungen können meist nur noch punktuell erfolgreich abgeschlossen werden, aber auch in diesen Fällen sind Schuld und Gerechtigkeit relativ, und bei den Ermittlern bleiben am Ende immer Zweifel und ein Gefühl von Bitterkeit zurück. Zieht man diese Gattungsmerkmale in Betracht, wird evident, daß Yasmina Khadra im *roman noir* ein maßgeschneidertes Genre gefunden hat, um die verworrene und ausweglose Situation in Algerien zu verarbeiten.

Daß es in Algerien keine „Wahrheiten" mehr gibt, sondern nur noch Bedrohung, Verrat und Korruption, führt Yasmina Khadra dem Leser in *Herbst der Chimären* noch drastischer vor Augen als in den vorausgegangenen Bänden. Zunächst fällt auf, daß es sich nicht mehr um einen *roman noir* im eigentlichen Sinn handelt. Der Ermittler und vor allem der Schriftsteller Llob wird in diesem Roman selbst zum Gejagten, wobei bis zum Schluß offen bleibt, wer den Protagonisten zum Schweigen bringen will. Auf der Ebene der Gattung kommt es dadurch zu einer interessanten Verknüpfung zwischen *roman noir* und *roman à suspense.* Letzterer zeichnet sich dadurch aus, daß die Handlung aus der Perspektive des bedrohten Opfers erzählt wird. Damit setzt der Autor die undurchsichtigen Verhältnisse, die den Algerienkonflikt charakterisieren, auf der Ebene der Gattung um.

Der Kriminalroman bietet sich auch auf ästhetischer Ebene für die Darstellung des blutigen Konflikts an und ermöglicht dem Autor, „Bilder" von den Ereignissen in Algerien zu vermitteln, die normalerweise nicht an die Öffentlichkeit dringen. Der schnelle Rhythmus, die kurzen Sätze und knappen Beschreibungen, der effiziente und oft nervöse Stil, typisch für den *roman noir* ganz allgemein, erinnern an Momentaufnahmen, die Kriegsberichterstatter oft im Verborgenen und in aller Eile machen müssen. Wie die Bilder eines Fotografen, der keine Zeit hat, lange zu überlegen und auf dem Objekt zu verweilen, bevor er auf den Auslöser drückt, so präsentieren sich auch die Momentaufnahmen der kriegerischen Auseinandersetzungen in Algerien bei Yasmina Khadra. Die knappen aber äußerst präzisen Beschreibungen von Anschlägen und Opfern, die literarischen „Bilder" machen den Konflikt „sichtbar". Das hat nichts mit Voyeurismus oder Sensationslust zu tun, vielmehr geht es dem Autor um eine möglichst authentische Darstellung: „Mes romans sont durs à l'image de la réalité algérienne. Je rends compte d'une tragédie. Une tragédie insoutenable. – Meine Romane sind hart, weil das der algerischen Realität entspricht. Ich lege Rechenschaft ab über eine Tragödie, die unerträglich ist", sagt Yasmina Khadra im Anhang zur deutschen Ausgabe *Doppelweiß*. Indem der Autor jene „Bilder" des Krieges in Algerien in seine Romane einfügt, die der Öffentlichkeit vorenthalten werden, trägt er dazu bei, daß dieser Konflikt auch von den nicht unmittelbar Betroffenen wahrgenommen wird und daß dieser Krisenherd auch außerhalb Algeriens in den Köpfen der Menschen Gestalt annimmt und zu existieren beginnt.

Der Suche nach der „Wahrheit", die das Genre des Kriminalromans charakterisiert, kommt in Zusammenhang mit der Algerienkrise eine besondere Bedeutung zu. So geht es Yasmina Khadra nicht vorrangig darum, Mordfälle und Verbrechen aufzuklären; vielmehr stehen der blutige Konflikt und seine Hintergründe im Zentrum der Untersuchungen, die Commissaire Llob, der brummige, aber sensible Protagonist der Serie, dessen Name auf Arabisch soviel bedeutet wie „harter Kern, weiches Herz", durchführt. Diesem Auftrag kommt Brahim Llob in einer Doppelrolle nach, nämlich als Kriminalbeamter und als Schriftsteller. Der Ich-Erzähler Llob wird als gefeierter Autor präsentiert, der aber in *Herbst der Chimären* wegen der Veröffentlichung von *Morituri* vorübergehend vom Polizeidienst suspendiert wird. Dieses selbstreflexive Spiel gibt dem realen Autor die Möglichkeit, die Aufnahme seiner Romane in Algerien zu kommentieren und durch die Einbindung kritischer Stellungnahmen den Zündstoff, den die Romantrilogie enthält, herauszustreichen. Es gab ihm zum Zeitpunkt des Erscheinens der Romane in Frankreich aber auch Gelegenheit, auf die Gefahren aufmerksam zu machen, denen er sich selbst als schreibender Offizier ausgesetzt hatte.

Je undurchdringlicher die Lage und je aussichtsloser die Ermittlungen für Llob als Kommissar werden, um so mehr Raum nehmen die kritischen Stellungnahmen des Schriftstellers Llob in den Romanen ein. Wenn im *Herbst der Chimären* nicht nur der Kommissar, sondern auch der Autor Llob scheitert, wird auf sehr eindringliche Art deutlich, daß es in Algerien keinen Platz für kompromißlose Idealisten und auch kaum Aussicht auf ein Ende des Konflikts gibt.

Diese Hoffnungslosigkeit spiegelt sich in *Herbst der Chimären* auch in der Wahl der Handlungsschauplätze wider. Während sich die blutigen Auseinandersetzungen in den vorhergehenden Romanen auf die Hauptstadt Algier beschränken, spielen sich die Kämpfe im dritten Band auch im Hinterland ab. Dieser für den Kriminalroman untypische Handlungsschauplatz fern von der Hauptstadt gibt ebenfalls Aufschluß über die drastische Situation in Algerien und die Einschätzung der Lage. Während im Kriminalroman das Verbrechen normalerweise die Stadt aus den Fugen geraten läßt, bleibt das Hinterland von den Missetätern für gewöhnlich verschont und bietet dem Ermittler einen Ort, an den er fliehen kann, um klare Gedanken zu fassen. Ein solches Refugium existiert in *Herbst der Chimären* nicht mehr. Das Hinterland, symbolisiert durch Llobs Heimatdorf Igidher, ist von den grausamen Ereignissen ebenso betroffen wie die Hauptstadt Algier selbst. Überall herrschen Terror, Krieg und eine bedrückende Ausnahmesituation.

Dennoch, trotz der Aussichtslosigkeit der Lage und des hohen Preises, den der Kommissar und Schriftsteller am Ende von *Herbst der Chimären* bezahlt, kann der Weg, den Commissaire Llob in der Romantrilogie von Yasmina Khadra geht, als eine mögliche – wahrscheinlich die einzige – Antwort auf die Frage nach dem Ausweg aus der Krise gelesen werden: „Dans une Algérie qui se cherchait désespéremment, parmi les angles morts et les feux de la rampe, alors que chacun s'enrageait à se frayer une place au soleil, Brahim marchait droit. – In einem Algerien, das verzweifelt auf der Suche nach sich selber war, ging Brahim, gleich ob im Schatten oder im Rampenlicht, während jeder um seinen Platz an der Sonne buhlte, aufrecht und geradlinig seinen Weg."

Innsbruck, im August 2001

Aus Rezensionen zu „Morituri“ und „Doppelweiss“

„Es ist ein großartiges Buch ... und ich sehe wieder mal, wie wichtig Literatur ist, denn kein Film, kein Dokumentarfilm, kein Zeitungsartikel kann uns ein Land so dramatisch nahebringen, wie es ein Schriftsteller, der Menschen in Ihrer Not beschreibt, tun kann.“
(Elke Heidenreich im Schweizer Literaturclub)

„Trotz aller Schwere hat ‚Morituri‘ auch etwas Verführerisches: eine außergewöhnliche Sprache, die unterkühlte Berichterstattung mit Poesie zu vereinen versteht, die von überraschenden Bildern und Vergleichen lebt, die ihren Reichtum von den unteren Rändern des sprachlichen Spektrums nimmt, ohne vulgär zu wirken – eine schwierige Aufgabe für die Übersetzung, die Bernd Ziermann und Regina Keil-Sagawe trefflich gelöst haben.“ (Heinz Hug, NZZ)

„Selten hat ein Krimi so viel politische Aussagekraft, selten ist ein politischer Zeitzeugenroman so spannend-unterhaltsam gewesen.“ (Harald Loch, Trierischer Volksfreund)

„Großartig! ... Atemberaubend!“ (Christoph Braendle, Falter)

„Kommissar Llob ist neu. Ein glaubwürdiger Charakter mit allen Fehlern und Vorzügen, die eine überzeugende Figur braucht, humorvoll und sarkastisch. Ein ungewöhnlicher Held in einem außergewöhnlichen Buch.“
(Ulrich Deurer, amazon.de)

„Dieses Miniaturportrait des gegenwärtigen Algerien ist so plastisch und eindrücklich, wie es eine distanzierte politische Analyse nie sein könnte.“ (Ingeborg Sperl, Der Standard)

„Doppelweiß ist der zweite Teil einer hochspannenden Trilogie und darf ohne Übertreibung als einzigartiges Dokument der gegenwärtigen Tragödie Algeriens bezeichnet werden." (amazon.de)

„Aufwühlend!" (Schweizer Familie)

„Der spannende Kriminalroman bildet die Folie für eine kritische Darstellung der in Algerien herrschenden Gewalt und Korruption, der Atmosphäre von Angst und Verzweiflung. Zynisch und schnoddrig arbeitet sich Llob, der den Typus des einsamen Helden à la Marlowe verkörpert, an die Mörder und ihre Hintermänner heran, die zur neuen Macht- und Geldelite Algeriens gehören. Temporeiche, unterhaltsame Krimihandlung mit ernstem politischen Hintergrund."
(Daniela Neuenfeld-Zvolsky, ekz-Informationsdienst)

„Virtuos benutzt der Autor das Genre des Krimis zu einer kritischen Analyse von Politik und Gesellschaft seines Heimatlandes - die den Leser dankenswerterweise nicht mit falschen Illusionen abspeist."
(Dresdner neueste Nachrichten)

„Eine gelungene Mischung aus guter, schneller Lesbarkeit mit treffsicherem Stil macht das Buch zu einem Spitzenkrimi."
(Alfred Ohswald, www.buchkritik.at)

„Khadra hat eine beinharte Art zu schreiben, kurz angebunden werden Bild um Bild auf den Tisch geknallt."
(Sabine Strobl, Tiroler Tageszeitung)

„Khadra läßt ihren Kommissar hinter die Kulissen alltäglicher Gewalt blicken, klagt an und enthüllt die Verzweiflung in diesem Land." (Hans-Dieter Gründefeld, Buchkultur)